나의 리을 이야기

차례

- 감각 … 7
- ㄹ … 17
- 혼자 … 26
- 도망 … 35
- 공중걷기 … 45
- 느릅나무 … 47
- 골목 … 56
- 고백 … 66
- 마술 … 76
- 악보 … 85
- 공중앞차기 … 92
- 악기 … 94

- 달물결 … 104
- 바다 … 113
- 구토 … 122
- 피멍 … 132
- 붕괴 … 141
- 공중잠자기 … 151
- 리을세포 … 153
- 상자 … 163
- 난간 … 172
- 옥상 … 180
- 나는 리을한다 … 190

말도 않고, 생각도 않으리.*

나는 시 한 줄을 외웠다.

교실의 한 귀퉁이에 앉아 있었다. 봄이 오고 새 학기가 시작되면서 어수선한 공기가 감돌았다. 책상 위에는 시집 한 권이 놓여 있었다. 랭보의 『지옥에서 보낸 한철』. 시집의 맨 처

• 시 「감각」 부분. 시집 『지옥에서 보낸 한철』, 민음사, 2016.

음에 나오는 시, 「감각」. 이 시의 한 줄을 다시 외웠다.
'말도 않고, 생각도 않으리.'
나의 다짐이었다.

어두운 방이었다. 창문 앞에 서서 밖을 내다보았다. 길바닥엔 흙먼지와 오물 자국이 있었다. 나는 이 길바닥의 냄새에서 누구보다 가까웠다. 반지하의 집에 살고 있었다.
랭보의 시집을 펼쳐 들었다. 예전과는 다른 무게가 느껴졌다. 날개를 발견한 것 같은 가벼움! 아! 서서히 두 발이 공중으로 떠올랐다.
드디어 이 집에서 공중 부양을 하는구나. 이제 벗어날 수 있다. 이 집이여 안녕!
너무 짜릿했다. 짜릿함의 가시가 방바닥을 뚫고 자라났다. 푸르고도 흰 가시! 그때 「감각」의 시 한 줄이 눈에 들어왔다.

몽상가, 나는 내 발에 그 차가움을 느끼게 하네.•

나의 발바닥은 간절했다. 공중에 계속 떠 있고 싶었다. 그

• 시 「감각」 부분. 시집 『지옥에서 보낸 한철』, 민음사, 2016.

러나 누군가 내 발을 흔들었고 나는 잠에서 깨어났다. 엄마가 나를 노려본 뒤 방을 나갔다. 나의 두 발은 이불 속에 있었다.

결코 이 집에서 벗어날 수 없다. 불쑥 방으로 들어와 내 발을 흔드는 엄마가 있기 때문이다. 그렇더라도 랭보의 시집이 내 머리맡에 있다. 꿈속으로도 이동하는 시집이다. 그리고 나의 발바닥이 있다. 몽상을 최대로 끌어올리는 감각의 바닥!

오늘은 개교기념일이라 학교에 가지 않았다. 하필 엄마의 식당은 정기 휴일이었다. 이날엔 빈 식당에서 육수를 끓이고 김치를 담갔다. 엄마는 학교에 가지 않는 나를 식당으로 끌고 갈 것이다. 나는 기꺼이 끌려갈 것이다. 그리고 돈을 받아 낼 것이다.

학교에선 급식을 먹지 못할 때가 있다. 그러면 햄버거라도 사 먹어야 한다. 언제 얼마나 굶을지 모른다. 그래서 돈을 모아 두어야 한다.

매일 저녁에 두 시간씩, 나는 엄마가 하는 설렁탕집에서 설거지를 한다. 그리고 그 대가로 일주일에 오만 원짜리 지폐 한 장을 받는다. 다른 아이들은 그 정도를 용돈으로 받을 것이다. 그러나 나에겐 어림없는 일이다. 돈은 스스로 벌어서 써야 한다. 중학생에겐 가혹한 일이다.

안방에서 허 씨가 나왔다. 두 눈이 충혈되어 있었다. 그의 눈은 항상 그 상태였다. 불면증과 술 때문이었다. 그는 잠을 자기 위해 술을 마신다고 했다. 그러나 술에 취하면 잠은 안 자고 질질 울었다. 울면서 부모에게 버림받은 일이며 사기당한 사연을 늘어놓았다. 한때 증권 회사에 다니면서 잘나갔던 이야기도 했다. 하지만 주식 투자를 했다가 크게 빚진 이야기는 하지 않았다. 그 빚은 엄마가 다 갚아 주었다. 엄마는 그와 3년째 동거 중이었다.

허 씨의 술주정과 눈물을 받아 주는 엄마. 이해할 수 없다.

나는 입고 있던 트레이닝 바지에 후드 점퍼를 걸치고 밖으로 나갔다. 계단 위에서 반지하로 담배 연기가 흘러들었다. 숨을 참고 계단을 올라갔다. 건물 현관 앞에서 허 씨가 담배를 피우고 있었다.

"춥지 않겠냐?"

허 씨가 말을 걸었다.

나는 점퍼 주머니에서 이어폰을 꺼내 양쪽 귀에 꽂았다. 그런 뒤 후드를 머리에 푹 뒤집어썼다.

"귀를 막고 사냐?"

허 씨가 못마땅한 얼굴로 나를 바라보았다. 나는 신경 쓰지 않았다. 음악 앱을 켜고 '오늘의 케이팝'을 재생시켰다. 오늘의 케이팝은 인기 디제이가 매일 새롭게 선곡해 주는 100곡이었다. 나는 항상 이것을 들었다.

엄마가 장바구니를 들고 계단을 올라왔다. 우리는 공터에 주차된 차로 갔다.

"내가 운전할까?"

조수석 문으로 다가가던 허 씨가 말했다.

"미쳤어?"

엄마가 바로 운전석 문을 열었다. 그러고는 장바구니를 뒷좌석으로 던졌다. 나는 던져진 장바구니와 함께 뒷좌석에 앉았다.

허 씨는 음주 운전으로 면허 정지를 당한 상태였다. 지난겨울, 술에 취한 그는 차를 몰고 동네 미용실을 들이받았다. 그 미용실은 같은 반 아이의 엄마가 하는 가게였다. 학교에는 소문이 금세 퍼졌다. 나는 제정신이 아닌 남자와 같이 사는 아이가 되어 있었다. 그 소문은 새 학년이 되어서도 사라지지 않았다.

'말도 않고, 생각도 않으리.'

나는 다시 다짐했다.

"식당 대청소도 할 거야."

엄마가 백미러로 나를 바라보았다. 나도 도우라고 말하는 눈빛이었다. 나는 듣고 있던 노래의 볼륨을 높였다.

"오율."

엄마가 내 이름을 크게 불렀다. 나는 안 들리는 척 음악에 맞춰 고개를 살짝 흔들었다.

귀에 이어폰 꽂고 케이팝 듣기. 나는 그렇게 귀를 막고 산다.

식당을 나에게 맡겨 두고 엄마와 허 씨는 재래시장으로 김칫거리를 사러 갔다. 나는 조리실에서 가스불을 지켜야 했다.

가마솥엔 소의 다리뼈와 잡뼈가 들어 있었다. 곧 육수가 부글부글 끓기 시작했다. 솥 밑에서는 가스불이 타오르며 소리를 냈다. 마치 씩씩거리는 숨소리 같았다.

푸른 불꽃에 귀를 가까이 대면 나의 숨소리가 들릴까.

나는 가스불을 오래 바라보았다.

솥뚜껑에서 김이 새어 나와 조리실에 냄새가 가득 찼다. 사람들이 구수하다고 하는 이 냄새가 나에게는 비릿하기만

했다.

얼굴에 눅눅하게 들러붙는 비린내. 옷에도 배고 머리에도 스며드는 비린내. 학교까지 따라다니는 비린내. 너무 싫다.

커다란 대야에는 머릿고기와 양지머리가 담겨 있었다. 수도에서 흘러나오는 물에 고기의 핏물이 빠지고 있었다. 거무스름한 핏물이 대야 밖으로 넘쳤다.

핏물이 길게 수챗구멍으로 흘러갔다. 고무장화를 신은 발로 그 핏물을 휘저었다. 핏방울 몇 개가 발등으로 튀었다.

똑똑똑. 누군가 창문을 두드렸다. 유리창에 세 명의 얼굴이 비쳤다. 학교에서 일진으로 불리는 언니들이었다. 그들이 나를 찾아오다니! 나는 잠깐 숨이 멎었다.

한 언니가 나에게 나오라고 손짓했다. 머뭇대다가는 창문으로 뭔가가 날아들 것 같았다. 급하게 돌아서는 순간 한쪽 귀에서 이어폰이 빠졌다. 나는 그것을 찾을 겨를도 없이 밖으로 나갔다.

언니들이 나를 골목 담벼락으로 밀쳤다. 그러더니 웃으면서 내 몸을 위아래로 훑어보았다. 신고 나온 고무장화가 마음에 걸렸다. 투박하고 헐렁한 고무장화가 나를 초라하게 만들었다.

"우리 해파에 들어와."

가운데에 선 언니가 말했다. 센 눈빛을 보니 우두머리가 분명했다.

해파는 그들이 만든 조직이었다. 학교에는 검은 구덩이처럼 조직이라는 것이 있었다. 그것은 실체가 드러나지 않고 소문으로 떠돌았다. 해파는 가장 흉흉한 소문이 도는 조직이었다. 불량하다 싶은 아이들이 해파에 들어갔다.

나를 찾아오다니, 해파 언니들이, 왜?

"싫은데요."

나는 망설임 없이 말했다.

"그러면 10만 원을 내놓든가."

우두머리 언니가 말했다.

"돈 없는데요."

순간 우두머리 언니가 내 뺨을 휘갈겼다. 한쪽 귀에 남아 있던 이어폰이 빠져 날아갔다. 간신히 귀에 붙어 있던 노래가 사라졌다.

"다음에 또 올게. 그땐 둘 중 하나를 선택해."

해파 언니들이 자리를 떠났다.

심장이 마구 두근거렸다. 내 앞에 검은 구덩이가 파인 것 같았다. 나는 이어폰을 주워 귀에 꽂았다. 아무 노래도 들리지 않았다.

그들은 아주 적당한 아이를 찾아냈다는 눈빛이었다. 옷에 밴 비린내 때문일까. 핏물이 튄 고무장화 때문일까.

눈앞에 낡은 상가 건물이 있었다. 벽에는 붉은 페인트로 '철거 예정'이라고 쓰여 있었다. 건물 1층에 엄마가 하는 설렁탕집이 있었다. 다른 식당들은 모두 문을 닫고 떠났지만 엄마는 남아서 장사를 하고 있었다. 딱히 갈 곳이 없었기 때문이다. 지금 식당의 보증금으로는 어디에 가서도 새로 식당을 열 수 없었다. 다행히 단골들이 계속 엄마의 설렁탕을 먹으러 왔다.

다 쓰러져 가는 곳의 아이. 이미 망한 냄새를 풍기는 아이. 악만 남은 아이. 악 없이는 버틸 수 없는 아이. 해파 언니들은 그 아이를 찾아온 것 같았다. 나는 바닥에 있는 돌멩이를 발로 차 버렸다.

대야에 고인 핏물 속에서 한쪽 이어폰을 찾아냈다. 다행히 방수가 되어서 고장은 나지 않았다. 하지만 수건으로 계속 닦

아도 비린내가 가시지 않았다.

양쪽 귀에 이어폰을 꽂고 케이팝을 크게 들었다. 가마솥에서는 육수가 계속 끓고 있었다. 가스불을 놔두고 식당을 나갔다. 아마도 곧 엄마와 허 씨가 돌아올 것이다.

무작정 걸어갔다. 화창한 날씨였다. 거리에 있는 상점들은 문을 활짝 열어 놓았다. 상점마다 음악이 크게 흘러나왔다. 흥겹거나 잔잔하거나 시끄럽거나, 또 무언가 오늘 기분 같은 것. 나는 이어폰의 볼륨을 높였다. 가사 한 줄이 선명하게 들렸다.

'내 맘과 다르게 날씨는 참 더럽게도 좋아.'

'861-ㄹ326지'로 가자.

머리에 후드를 푹 뒤집어쓰고 전철을 탔다.

한강 다리를 건너고 몇 개의 역을 지나 홍대입구역에서 내렸다. 사람들이 붐비는 거리를 지나 작은 골목으로 들어갔다. 모자 상점과 이발소와 우동집을 지나 마포평생학습관에 닿았다.

마포평생학습관. 나는 이곳을 움도서관이라 부른다. 맨 꼭대기 층에는 '마포리움'이라는 북카페가 있다. 이 이름의 '움'

자를 붙여 움도서관이다.

'움'은 나에게 움막을 떠오르게 한다. 이 북카페는 책과 미술을 테마로 한 공간이다. 미술관처럼 책들이 전시된 곳이기도 하다. 그러나 나에게는 움막 같은 곳, 숨어들기 좋은 곳, 숨어서 잠을 잘 수 있는 곳이다.

북카페에는 마루 위에 커다란 빈백들이 놓여 있다. 대개 사람들은 빈백에 등을 대고 누워 책을 본다. 나는 빈백에 누워서 잠을 잔다. 나처럼 자는 사람들이 더러 있다. 나는 그들을 몽상가라 부른다. 몽상가에겐 언제나 잠이 필요하다.

오늘은 '861-ㄹ326지'의 위치로 가자. 움도서관에 있는 나만의 좌표로 가자. 더 이상 발붙이고 싶지 않은 여기. 여기를 뜨기 위해 그 좌표로 가자. 그곳엔 '나의 리을'이 있다.

엘리베이터를 타고 3층으로 갔다. 문헌정보실로 들어가 몇 개의 서가를 지나 그곳에 섰다. 861-ㄹ326지. 랭보의 시집 『지옥에서 보낸 한철』이 꽂혀 있는 위치다. 이 시집에 붙어 있는 청구 기호다.

마침 서가 사이에는 아무도 없었다. 곧장 시집을 꺼내 들었다. 순간 두 발이 떠올랐다. 나는 공중에 떴다. 15센티 높이의 공중에.

바닥에서 솟아오른 기분. 상층의 공기가 내 몸을 끌어 올리는 느낌. 부드러운 공기. 아슬아슬함.

아! 나는 공중 부양을 했다. 15센티 높이에서 도는 낯선 기운.

'몽상가, 나는 내 발에 그 차가움을 느끼게 하네.'

시 한 줄을 외웠다.

『지옥에서 보낸 한철』. 이 시집은 나를 공중 부양 시킨다.

공중에 떠서 시집을 펼쳤다. 한 장 한 장 천천히 넘겼다. 시를 읽는다기보다는 시를 그냥 넘겼다. 그럴 수밖에 없었다. 이 시집에 있는 시들은 무슨 말인지 알기 어려웠다.

앗! 누군가 서가 사이로 들어선다. 들키면 안 된다. 들키고 싶지 않다. 혹시 이 신비한 현상이 사라질지도 모르니까.

나는 얼른 시집을 제자리에 꽂았다. 순간 발바닥이 바닥에 닿았다. 나는 공중에서 내려온 것이다. 15센티의 높이에서, 그 몽롱한 높이에서.

나의 공중 부양은 우연히 발견한 'ㄹ'에서 시작되었다.

중학교 1학년 겨울 방학이 끝날 즈음이었다. 홍대 거리를 구경하고 다니다가 움도서관에 들어가게 되었다. 3층에 있는 문헌정보실에서 한 남자 대학생을 보았다. 대학교 점퍼를 입은 평범한 모습이었는데, 왠지 멋이 있었다. 책에 푹 빠진 모습, 고뇌 속에서 환희를 발견하는 듯한 눈빛! 그 멋은 어떻게 생기는 걸까. 나는 그가 무엇을 읽는지 슬쩍 훔쳐보았다.『랭보의 시학』이었다. 인터넷에서 랭보를 검색했다.

아르튀르 랭보(Arthur Rimbaud, 1854~1891): 프랑스 시인. 빛나는 재능으로 시대를 앞지르는 시를 썼다. 방랑, 방황, 반항으로 점철된 생애를 살았다. 한 번도 안정적인 삶을 살지 못하고 요절.

첫눈에 '방황'과 '반항'이라는 말이 와닿았다. 방황과 반항으로 시대를 앞지르는 시를 썼다니, 멋있다. 아! 그 대학생이 가진 멋은 이 책 때문이구나. 나도 그 멋을 가지고 싶었다. 그때부터 나는 랭보의 시집을 찾아서 읽기 시작했다. 아니, 랭보의 시집을 만져 보기 시작했다.
    랭보의 시는 어려웠다. 그래도 읽을 만은 했다. 내 맘대로 받아들이면 그만이니까. 잘못 읽은 시구절은 나를 어디로 데려갈까. 이 상상이 나를 흔들었다. 미지의 곳에서 일어선 바람이 내 발을 흔들러 올 것이다. 나는 랭보의 시집을 소중히 만졌다.

어느 날 학교에선 머리에 껌이 붙었다. 내가 책상에 엎드려 있는 사이 반 아이들 모두가 모의한 놀이였다. 껌을 떼느라 화장실에서 한 시간을 보냈고, 결국 가위로 머리카락을 자르고 말았다. 쥐가 파먹은 머리를 하고 나는 교실에 앉아 있었다. 아이들이 모두 쥐로 보였다. 쥐들이 우글거리는 교실, 지옥이었다. 그날 움도서관으로 가서 랭보의 시집을 꺼내 들었다. 『지옥에서 보낸 한철』. 아! 이것은 지옥에서 사는 나를 위한 시집이 아닐까.

그 시집에 붙은 기호를 가까이 들여다보았다. 861-ㄹ326지. 그때 유난히 'ㄹ'이 눈에 들어왔다. ㄹ. 공중에 뜬 비행체 같지 않은가!

'뜨자.'

나는 그 비행체를 두 눈으로 꼭 붙들었다. 그리고 그것을 발음했다.

"리을."

순간 나는 공중으로 떠올랐다. 그 시집과 함께. 'ㄹ'과 함께. 15센티 높이의 공중으로.

오! 리을! 나는 환호했다. 그때 귀에 꽂은 이어폰에서 가사 한 줄이 흘러나왔다.

'불러낸 내 우주를 봐 봐.'

오! 리을! 나의 우주다.

그렇게 랭보의 시집은 나의 리을이 되었다.

나의 공중 부양은 아직 도서관에서만 일어난다. 랭보의 시집을 대출해서 집으로 가져간 적이 있다. 방문을 걸어 잠그고 시집을 펼쳤지만 공중 부양이 되지 않았다. 시집을 학교로도 가져갔다. 쉬는 시간에 창가에 서서 읽었지만 아무 일도 일어나지 않았다.

도서관에서의 공중 부양. 그것은 아마도 도서관에서 자는 나의 잠과 연관되어 있을 것이다. 도서관에서의 잠은 편안하다. 참견이 없다. 무시도 없다. 몽상을 온전히 보장받는다. 그러니까 그 시집은 몽상가를 몽상의 위치로 떠올려 주는 것이다.

도서관에서 밤을 지새울 수 없다는 점은 아쉽다. 도서관이 24시간 내내 문을 연다면 정말 좋을 것이다. 나는 움도서관에서 밤을 지새울 수 있는 방법을 찾고 있다. 북카페의 천장은 돔을 얹은 형태로 아주 높다. 돔 아래엔 난간이 있는데, 그 안쪽은 텅 비어 있다. 숨어서 밤을 지새우기 좋은 난간이다. 그러나 너무 높다. 올라가는 계단도 없고 통로도 보이지 않는다. 그러나 나는 그 난간에 오르는 방법을 꼭 찾을 것이다.

그곳에서 담요 한 장을 덮고 손전등을 켤 아이. 시집을 넘기고 뭔가를 끄적거리다가 잠도 잊을 아이. 밤을 지새우고 아침에 두 눈을 반짝거릴 아이. 새로운 눈을 뜰 아이. 그렇게 도서관 천장의 난간에서 살 아이. 나는 그 몽상의 아이다.

861-ㄹ326지.『지옥에서 보낸 한철』은 모든 도서관에서 이 기호를 붙인다. 끝에 있는 '지'가 'ㅈ'으로 대체되기도 한다. 전집으로 분류되면 기호가 바뀐다.

그러니까 어느 도서관에나 '861-ㄹ326지'가 있는 것이나 마찬가지다. 내가 공중 부양 할 수 있는 장소가 곳곳에 있는 것이다. 그 누구도, 그 무엇도 아닌 시집 한 권이, 나의 리을이 도서관에 있다.

나는 언제고 도서관으로 간다. 861-ㄹ326지로 간다. 나의 리을로 간다.

자존심에 상처가 났을 때 나는 861-ㄹ326지로 간다. 사뿐히 공중 부양을 한다. 15센티 아래로 나를 누를 사람 있으면 나와 봐. 턱을 치켜든다.

곰팡이 피는 낡은 집에서 숨이 잘 안 쉬어질 때 나는 861-ㄹ326지로 간다. 공중에 떠서 숨을 크게 쉰다. 집이라는 퀴퀴한 공기 덩어리에 나의 폐는 죽지 않을 것이다.

나를 둘러싼 사람들로부터, 불편하고 불안정한 관계들로부터 달아나서 나는 861-ㄹ326지로 간다. 가볍게 공중 부양을 한다. 그러나 온몸엔 끈이 묶여 있다. 끊으려 해도 끊어지지 않는 관계의 끈들. 나는 발버둥 친다.

해파 언니들은 계속 나를 찾아올 것이다. 그들은 자신들이 파 놓은 검은 구덩이가 얼마나 무서운지 나에게 보여 주려 할 것이다. 그리고 기어코 그 구덩이 속으로 나를 밀어 넣을 것이다.

나는 다시 랭보의 시집을 꺼내 들었다. 가만히 공중 부양을 했다. 시「지옥의 밤」을 몇 장 넘겼다.

시집을 덮고 책등에 있는 기호를 바라보았다. 리을을 가까이 들여다보았다.

ㄹ. 무릎을 꿇은 사람 모습이다. 윽. 해파 언니들에게 뺨

을 맞고 고개가 돌아간 내 모습이 떠오른다. 나는 이미 그들에게 무릎을 꿇은 걸까. 앞으로 무릎을 꿇을 수밖에 없는 걸까.

다시 리을을 들여다보았다.

ㄹ. 꿈틀거린다. 지렁이가 꿈틀거리는 모양이다. 아! 나는 리을을 새롭게 발견한다. 지렁이도 밟으면 꿈틀거린다. 나는 해파 언니들에게 꿈틀거릴 것이다. 나의 리을, 반항이다.

 아침에 눈을 떴다. 창문 밖이 누렇게 보였다. 황사였다. 핸드폰에는 황사 경보 메시지가 떠 있었다. 창문을 열 수 없었다. 집에는 공기청정기가 없었다. 퀴퀴한 공기에 많은 것들이 썩어 갈 것이다.
 일곱 시였다. 엄마와 허 씨는 안방에서 자고 있었다. 둘은 새벽까지 술을 마셨다. 안방에서 문을 닫고 마셨는데도 엄마의 깔깔대는 웃음소리가 내 방까지 들렸다. 뭐가 그리 좋은 걸까. 둘은 정말 사랑하는 사이일까. 같이 사는 이유엔 사랑

이 있을 텐데. 내 눈엔 그 사랑이 보이지 않았다.

먹을 것을 찾아 보았다. 식빵과 삶은 계란이 있었다. 계란을 까자 상한 냄새가 났다. 흰자가 푸르스름한 색으로 변해 있었다. 계란을 쓰레기통에 버리고 손을 씻었다.

식빵을 씹으며 핸드폰으로 날씨를 들여다보았다. 그때 안방에서 허 씨가 나왔다. 나는 얼른 윗옷 주머니에서 이어폰을 꺼내 귀에 꽂았다.

허 씨가 나를 힐끔 쳐다보고는 화장실로 들어갔다. 곧 오줌 쏟아지는 소리가 크게 났다.

불쾌한 저 소리. 식빵이 목으로 넘어가지 않았다. 친아빠라면 어떨까. 친아빠가 내는 소리라면 괜찮을까.

음악 앱을 켜고 케이팝을 크게 들었다.

트레이닝 바지 위에 교복 치마를 입었다. 교복 재킷 위에는 후드 점퍼를 입었다. 이어폰을 귀에 꽂고 집을 나섰다.

이후로 나는 귀에서 이어폰을 빼지 않는다. 수업 시간을 제외한 모든 시간에 이어폰으로 귀를 막는다. 어떤 소리도, 어떤 말도 듣기 싫다.

4차선 도로는 차량으로 꽉 차 있었다. 도로 갓길로 아이들이 줄을 지어 걸어갔다.

반 아이 하나가 내 어깨를 치며 말을 걸었다. 미소 띤 얼굴이었다. 음악 소리 때문에 그 아이의 말이 들리지 않았다. 내가 아무 대꾸를 안 하자 그 아이는 그냥 걸어갔다.

한 무리의 아이들이 빠르게 옆으로 지나갔다. 몇 개의 욕과 웃음소리가 지나갔을 것이다. 나는 아무 표정도 짓지 않았다.

수업이 시작되고 귀에서 이어폰을 뺐다. 수업 시간엔 스마트 기기 사용이 금지되었다. 그것을 어기면 선생님의 명령에 따라 복도에 나가 서 있어야 했다.

수학 시간이었다. 모둠별로 수학 문제를 푼 뒤 발표를 해야 했다. 먼저 모둠을 정했다. 친한 아이들끼리 하나둘 모였고, 수학을 잘하는 아이들이 여기저기로 불려 갔다. 나는 가만히 앉아 있다가 귀에 이어폰을 꽂았다.

선생님이 나에게 주의를 주었다. 나는 꿈쩍하지 않았다. 한 번 더 주의가 날아왔다. 나는 고집을 피웠다. 선생님의 얼굴이 일그러졌다. 나는 일어나 내 발로 걸어서 복도로 나갔다. 그렇게 나는 나를 혼자로 만들었다.

혼자 복도에 서 있다. 혼자가 된 이 공간이 좋다. 교실 밖이 좋다. 교실 안에서 혼자가 되는 일은 조금 쓸쓸하다. 그 쓸쓸함을 들키지 않으려고 이어폰을 꽂고 끈질기게 케이팝을 듣는다. 그래도 문득문득 참혹한 혼자가 된다.

쉬는 시간에 화장실에 갔다 왔다. 교실로 들어갔더니 내 자리가 없어졌다. 책상과 의자가 말끔히 치워졌다. 한 사람의 자리를 싹 치우고 아이들은 모두 줄을 맞춰 앉아 있었다. 나는 나의 자리를 찾아 나섰다. 빈 책상 하나, 빈 의자 하나 보이지 않았다. 어지러웠다. 어느새 종이 울리고 선생님이 교실로 들어왔다.

"넌 자기 자리도 까먹었어?"

선생님이 한마디 던졌다.

아이들의 웃음소리와 함께 수업이 시작되었다. 나는 휘청거리면서 겨우 빈 책상을 찾아냈다. 자리에 앉았지만 지워지듯 투명해지는 나를 바라보아야 했다.

점심때가 되어 급식실로 갔다. 아이들 사이에 줄을 섰다. 이어폰을 꽂고 케이팝을 들었다. 배식을 받은 뒤 식판을 들고 빈자리로 갔다.

"거긴 예약해 놓은 자리야."

옆 테이블에 앉아 있던 아이가 말했다. 곧 그 자리엔 한 아이가 와서 앉았다. 나는 다른 빈자리로 갔다.
"여긴 우리가 앉을 자리야."
반 아이들 서너 명이 한꺼번에 자리를 차지하고 앉았다. 나는 식판을 들고 기우뚱했다. 어지러웠다. 더 이상 빈자리가 보이지 않았다.
아이들은 내가 앉을 자리를 이미 치워 놓은 걸까. 밥 먹는 자리마저 건드린 걸까.
입맛이 없어졌다. 나는 식판을 들고 퇴식구로 갔다. 밥과 국과 반찬들을 잔반통에 쏟았다. 그런 뒤 급식실을 나갔다.
매점에서 빵 하나를 샀다. 창가에 서서 우걱우걱 씹어 먹었다. 아주 신나는 케이팝을 들었다.
복도에 있는 음료 자판기에서 콜라를 뽑았다. 콜라를 꺼내 드는데 한쪽 귀에서 이어폰이 빠져 어디론가 사라졌다. 노래 한 곡이 반 토막 난 것처럼 흐릿해졌다. 나는 멍하니 서 있었다.
한 아이가 다가와 자판기에서 음료수를 뽑았다. 그 아이가 나를 뚫어지게 바라보았다. 처음 보는 남자아이였다. 키가 작고 비쩍 말랐다. 한 손엔 빵을 들고 있었다.

그 아이가 자판기 통에 손을 넣어 뭔가를 꺼냈다. 그리고 그것을 나에게 내밀었다. 이어폰이었다. 나는 이어폰을 받아서 바로 귀에 꽂았다.

"무슨 음악 들어?"

그 아이가 물었다. 나는 아무 말도 하지 않았다.

매점으로 아이들이 다가오고 있었다. 그 아이는 재킷 안에 입은 후드 티셔츠의 후드를 뒤집어썼다. 그러더니 서둘러 복도를 빠져나갔다. 나는 그 아이의 뒷모습을 우두커니 바라보았다. 가사 한 줄이 귀에 들어왔다.

'혼자, 걸쳐 입은 외투 위에 적힌 글자.'

그 아이도 나처럼 혼자일까.

나는 복도를 걸어가며 생각했다. 그 아이가 손에 들고 있던 빵이 떠올랐다.

그 아이도 어딘가에서 혼자 빵을 우걱우걱 씹어 먹을까. 그 아이에게도 신나는 음악이 있을까.

그 아이의 후드는 검은색이었다. 후드를 쓴 머리는 유난히 왜소해 보였다. 바람에 사라질 것 같은 검은색.

나의 후드도 검은색이다. 후드를 쓰면 내 머리엔 검은색 막이 생긴다. 혼자라는 고요한 막. 안전하게 나를 감싸는 막. 몽상을 크게 부풀리는 막. 그 아이의 검은색도 그러할까.

아이들이 모두 빠져나간 교실이었다. 나는 창가에 서서 밖을 내다보았다. 황사가 누렇게 운동장을 덮고 있었다.
가방에서 랭보의 시집을 꺼냈다.『지옥에서 보낸 한철』. 서점에서 산 이 시집을 늘 가방 속에 넣고 다닌다. 이 시집은 어디서든 나를 공중 부양 시켜 줄 것이다.
쉬는 시간마다 교실 창가에서 이 시집을 읽었다. 하지만 공중 부양이 되지 않았다.
혼자 있는 이 교실은 어떨까. 오늘 느낀 혼자! 그 혼자의 교실. 검은색 막이 부풀어 올라 나를 공중으로 띄울지 모른다.
나는 후드를 머리에 뒤집어썼다. 그리고 랭보의 시집을 펼쳤다. 눈에 들어오는 한 줄을 읽었다.

소리 없는 느릅나무, 꽃 없는 잔디, 흐린 하늘이여!•

아! 창밖에 소리 없는 나무가 있다. 꽃 없이 죽은 잔디도 있다. 황사의 하늘이다.

나는 시 한 줄을 다시 읽었다. 그러나 공중 부양이 되지 않았다.

이 무거운 교실에 반항할 묘기! 그 공중 부양이 필요한데 되지 않았다. 아이들의 차가운 놀이에 반항할 묘기! 그 공중 부양이 필요한데 되지 않았다. '혼자'라는 검은색 막이 부풀어 올랐는데 공중 부양이 되지 않았다.

나는 창밖을 내다보았다. 누군가 운동장으로 걸어가고 있었다. 가방을 메고 검은색 후드를 썼다. 그 아이였다.

황사 속이었다. 그 아이의 두 발이 공중에 떠 있었다. 그 아이가 공중에 떠서 걸어가고 있었다.

나는 허겁지겁 교실을 나갔다. 그 아이에게 달려갔다. 그 아이는 여전히 두 발이 공중에 떠 있었다. 10센티? 15센티?

'너는 어느 시 한 줄을 외운 거니?'

그 아이와 점점 가까워졌다. 그 아이의 검은색 후드가 살

• 시 「착란Ⅱ : 언어의 연금술」 부분. 시집 『지옥에서 보낸 한철』, 민음사, 2016.

짝 흔들렸다. 순간 나는 멈추어 섰다. 어느새 그 아이의 두 발이 땅에 닿아 있었다.

황사 속에서 무슨 일이 일어났던 것일까.

도망

깊이 잠겼어도 떠오른 때, 쓰러졌어도 벅차오른 때
이무진, <청춘만화>

내가 멍하니 서 있는 사이 그 아이는 교문을 빠져나갔다. 뒤늦게 교문을 나섰을 때 그 아이는 보이지 않았다.

황사가 점점 짙어지고 있었다. 나는 케이팝을 들으며 걸어갔다. 노래 한 곡이 끝날 때쯤이었다.

"야, 설렁탕."

뒤에서 누군가 나를 불렀다. 이어서 히죽대는 소리가 들렸다. 돌아보지 않아도 누군지 알 수 있었다. 해파 언니들이었다. 나는 못 들은 척하고 걸어갔다.

해파 언니들이 계속 따라왔다. 횡단보도에서 신호등 초록 불이 깜박거렸다. 나는 빠른 걸음으로 횡단보도를 건넜다. 신호등이 빨간불로 바뀌었다. 그때 차 경적이 울렸다. 해파 언니들이 달려서 횡단보도를 건너오고 있었다. 나는 얼른 골목으로 들어갔다. 모퉁이에 의류 수거함이 있었다. 그 뒤에 몸을 숨겼다.

해파 언니들이 골목으로 들어왔다. 나는 가슴이 심하게 뛰었다.

붙잡히지 않아야 한다. 붙잡혔다가는 또 뺨을 맞을 것이다. 검은 구덩이로 끌려갈 것이다.

해파 언니들이 지나갔다. 나는 살그머니 일어나 골목 입구 쪽으로 걸어갔다. 그때 해파 언니들이 뒤를 돌아보았다.

"저, 설렁탕년."

욕이 날아왔다. 순간 온몸에서 힘이 쫙 빠졌다. 욕 한마디가 나라는 존재를 시궁창에 처박는 느낌이었다.

해파 언니들이 달렸다. 나도 달렸다. 그들의 발소리가 내 뒤통수에 송곳처럼 날아들었다. 온 힘을 다해 달아났다. 정류장에 버스 한 대가 서 있었다. 막 문이 닫히려는 때였다. 나는 후다닥 버스에 올라탔다.

버스가 출발했다. 해파 언니들이 달리다 말고 웃었다. 버스 창문으로 그들을 바라보았다. 웃음소리가 크게 내 귓속을 파고들었다.

나는 그들에게 꿈틀거리기로 했는데, 도망치고 있었다.

"리을."

나는 힘없이 중얼거렸다.

어디로 가는지 알 수 없었다. 버스가 한참 달렸다. 작은 개천을 건넜고 재래시장 앞을 지나갔다. 한 번도 와 본 적이 없는 곳이었다.

엄마에게서 전화가 왔다.

"왜 아직 안 와?"

저녁 6시. 식당에서 설거지를 할 시간이었다.

"지금 가고 있어."

둘러대고 전화를 끊었다.

버스에서 내려 식당까지 가는 길을 검색했다. 조금 먼 곳에 전철역이 있었다. 그곳을 향해 걸어갔다. 길을 잘못 찾은 걸까. 한참을 걸어도 전철역이 보이지 않았다. 두 다리에 힘이 빠졌다.

"어디냐고?"

엄마가 다시 전화를 해 소리쳤다.

"나 사정이 생겨서 오늘은 설거지 못 할 것 같아."

"뭐?"

"오늘 하루만 봐줘."

"빨리 튀어 와."

"안 될 것 같다고."

나는 신경질을 냈다.

"찌그러져 있어."

엄마가 이를 갈며 낮은 목소리를 냈다. 순간 나는 얼어붙었다. 엄마가 전화를 툭 끊었다. 툭 던져진 쓰레기처럼 나는 길가에 서 있었다.

"찌그러져 있어." 이 말은 엄마가 나를 베란다에 가둘 때 쓰는 말이었다. 내 기억에 나는 다섯 살 때부터 베란다에 갇혔다. 어쩌면 그보다 어린 나이부터 베란다에 갇혀 자랐는지도 모른다. 엄마는 화가 나면 나를 끌고 가 베란다에 밀어 넣었다. 그러고는 문을 잠갔다. 그곳에선 시간이 무섭게 흘러갔다. 나는 그곳에서 오줌을 싼 적이 있고, 두 발이 꽁꽁 언 적이 있다.

"내가 너 때문에." 엄마는 이 말과 한숨을 달고 살아왔다. 20대 중반까지 평탄하게 살았던 엄마는 한 남자를 만나 나를 임신했다. 결혼을 약속했지만 갑작스런 사고로 남자가 죽었다. 엄마는 혼자 나를 낳아서 키웠다. 직장도 나 때문에 불안정했고, 결혼도 나 때문에 잘 이루어지지 않았다. 같이 살던 할머니는 암에 걸려 세상을 떠났는데, 그것도 나 때문이라고 했다.

초등학생이 되었을 때 나는 창문에서 뛰어내렸다. 베란다에 갇혀서는 더 이상 자랄 수 없었다. 그때 살던 집은 1층이었다. 창문에서 뛰어내려 곧장 경찰서로 갔다. 그 이후로 엄마는 나를 베란다에 가두지 않았다. 대신 나에게 더 자주 이를 갈았다. "찌그러져 있어." 이 말은 그 자체로 뜨겁게 달궈지거나 차갑게 얼어붙은 베란다였다.

엄마와는 대화하는 게 점점 힘들어졌다. 허 씨와 같이 살게 된 후부터는 더욱 그랬다. 엄마는 내 방에 불쑥불쑥 들어와 습기 제거제 통을 살폈다. 그리고 벽과 천장에 번지는 곰팡이를 걱정했다. 그러면서 나를 떠보았다.

"그 아이가 그렇게 순하대."

엄마는 허 씨의 어린 아들에 대해서 말했다. 그 아이는 허 씨의 누나 집에서 살고 있었다. 그 아이를 데려와서 같이 살자는 말이었다.

"나는 나가 살 거야. 방 하나만 얻어 줘."

"돈이 어디 있냐?"

"내 방 습기와 곰팡이를 참견하지 마."

"나도 지겹다."

우리의 대화는 늘 이런 식으로 끝났다. 나는 엄마 앞에서 랭보의 시집을 펼쳐 든 적이 있다. 엄마에게 공중 부양을 보여 주려 했다. 더 이상 나를 건드리지 말라고 경고하려 했다. 하지만 공중 부양은 되지 않았다.

나는 도망치고 싶다. "찌그러져 있어." 이 말로 나를 눌러 버리는 엄마로부터, 이상한 남자와 웃으며 사는 엄마로부터, 다 망해 가는 식당을 붙들고 악을 쓰는 엄마로부터.

케이팝을 크게 들었다. 지친 걸음으로 겨우 걸어갔다. 한참을 걷다가 결국 길가에 주저앉았다.

'깊이 잠겼어도 떠오른 때, 쓰러졌어도 벅차오른 때.'

가사 한 줄이 귀에 들어왔다.

내 가슴을 벅차오르게 하는 아주 작은 것이 있었다.

이것이 무엇일까. 리을일까.

나는 일어났다. 그리고 다시 걸어갔다.

허기진 배를 손으로 감쌌을 때 빛 하나가 눈에 들어왔다. '청소년 환영'이라는 팻말이 가게 유리문에 걸려 있었다. 간판에는 '고려다방'이라고 쓰여 있었다.

문을 열고 안으로 들어갔다. 포근한 공기에 감싸인 작은 공간이었다. 한 테이블에 고등학생으로 보이는 몇 명이 앉아 있었다. 나는 창가에 있는 테이블로 가서 앉았다.

곧 종업원이 다가왔다. 앞치마를 두른 젊은 남자였다. 그가 건넨 메뉴판을 들여다보았다. 동동, 쌍화점, 청산별곡, 가시리, 서경별곡 등이 적혀 있었다.

"모두 고려가요란다."

그가 말했다. 나는 고개를 살짝 끄덕였다.

무엇을 파는 것인지 알 수 없었다. 일단 가격이 싸서 안심이었다. 모든 메뉴는 5천 원이었다. 나는 '청산별곡'을 주문했다.

잠시 뒤 내 앞에 나무 쟁반이 놓였다. 쟁반 위에는 주스와 잼과 떡이 있었다.

"키위 주스, 머루로 만든 잼, 쑥으로 만든 떡이야."

종업원이 설명을 해 주었다. 나는 고개를 끄덕였다. 머루는 조금 낯설었는데 그냥 알고 있는 척했다.

"딱 청산별곡이지."

그의 말에 나는 또 고개를 끄덕였다.

초록색 떡 위에는 생크림과 계핏가루가 얹어져 있었다. 한입 먹어 보았다. 아주 부드럽고 달콤했다. 잼도 발라 먹어 보았다. 상큼함이 입안 가득 퍼졌다.

나는 안쪽 테이블에 앉아 있는 아이들을 바라보았다. 그들은 어떤 떡과 잼을 먹고 있을까. 그들의 메뉴가 궁금했다.

내가 먹은 것은 딱 청산별곡. 나는 청산별곡을 알아 둬야 했다. 얼른 인터넷으로 검색을 했다. 아, 이 노래.

살어리 살어리랏다 청산애 살어리랏다
멀위랑 ᄃ래랑 먹고 청산애 살어리랏다
얄리 얄리 얄랑셩 얄라리 얄라

'멀위랑 ᄃ래'는 머루와 다래를 뜻했다. 다래는 산에서 자라는 야생 과일인데 키위와 비슷했다.

이 노래는 8연으로 되어 있는데 연마다 같은 후렴구가 붙어 있었다.

얄리 얄리 얄랑셩 얄라리 얄라

아! 이 후렴구에 'ㄹ'이 있다.

더 검색을 했다. 이 후렴구는 아무 뜻이 없는 음이었다.

그러니까 이 후렴구는 리을 음이다. 이 리을 음은 물이 흐르는 느낌을 준다. 마치 물방울들이 움직이는 소리 같다.

아! 물의 음, 리을이다. 물처럼 흐르는 음, 리을이다.

어둠으로 뒤덮인 나의 길을 떠올린다. 그 길을 리을처럼 흘러가 볼까. 부딪히면 부딪히는 대로, 처박히면 처박히는 대로, 그 끝에 뭐가 있는지 흘러가 볼까. 얄리 얄리 얄랑셩 얄라리 얄라. 그래. 나의 리을은 '흐름'이다.

나는 키위 주스를 홀짝홀짝 마셨다.

고려가요에 대해 검색하다가 노래 하나를 더 찾아냈다. 나례가. 이 노래는 무가였다. 무가는 무당이 역귀를 쫓기 위해 부르는 노래였다. 이 노래의 후렴구는 이랬다.

리라리러 나리라 리라리

오! 'ㄹ'이 날뛰는 것 같다. 무가인 만큼 이 후렴구엔 주술적인 힘이 있다고 한다. 오! 리을! 주술과도 통한다.
 군마대왕이라는 무가도 있었다. 이 노래는 아예 가사가 없고 리을 소리로만 이루어져 있었다.

리러루 러리러루 런러리루, 러루 러리러루, 리러루리 러리로, 로리 로라리, 러리러 리러루 런러리루, 러루 러리러루, 리러루리 러리로

 리을로만 이루어진 노래라니, 게다가 강력한 주술적 힘을 가지고 있다니, 놀랍고 반갑다. 그래! 나의 리을은 힘이다. 강력한 힘이다. 힘의 주문이다.
 "나의 도망은 여기서 끝이다, 리을."
 나는 중얼거렸다. 나에게 강한 주문을 외웠다.

공중걷기

걔는 홀씨가 됐다구
아이유, <홀씨>

    리을. 나는 중얼거린다. 학교 가는 길이다. 안개가 자욱하다. 도로 갓길로 교복 입은 아이들이 걸어간다. 길도 어둡고 아이들도 어둡다. 리을. 나는 단지 한 단어를 중얼거린다. 등에서 먼저 느낌이 온다. 등에 멘 가방에는 랭보의 시집이 들어있다. 점점 발바닥에 느낌이 온다. 나는 공중으로 떠오른다.

    간신히 15센티. 아무도 모르는 15센티. 아찔한 15센티. 너무 높은 15센티. 나만의 15센티. 몽상의 높이 15센티.

    리을. 나는 걷는다. 공중을 걷는다. 아무도 나를 알아보지 못한다. 지나가는 아이들 속에 공중에 떠서 걸어가는 아이가 하나 있는데, 아무도 눈치채지 못한다. 그 아이가 있거나 없거나, 아무도 관심이 없다.

겨우 15센티. 멀리서 보면 표시도 안 나는 15센티. 그까짓 15센티. 외면하기 좋은 높이다.

나는 공중을 걷는다. 아주 가볍다. 공중을 걸어서 다른 곳에 내려앉을 수 있을까. 여기보다 환한 곳. 부푸는 리을. 걷는다. 훌씨다. 비행이다.

느릅나무

우리 둘의 계산기가 다를까 두려워
AKMU, <Hero>

    옆 반 아이들이 체육복을 입고 복도를 지나갔다. 그 아이가 있었다. 조용히 그 아이가 지나갔다.
    잠시 뒤 종이 울렸다. 나는 자리에 앉아서 창밖을 바라보았다. 운동장에서 아이들이 줄을 섰다.
    영어 시간이었다. 칠판에 가득 영어 문장이 쓰여 있었다. 그것을 멍하니 바라보다가 창밖으로 고개를 돌렸다.
    농구 골대를 두고 아이들이 레이업 슛을 연습했다. 한 사람씩 골대를 향해 뛰어올라 공을 던졌다.

아! 그 아이가 공중 부양을 하는 게 아닐까. 아무도 모르게 공중에 떠서 공을 골대에 넣는 게 아닐까.

나는 두 눈을 크게 떴다. 그 아이가 골대를 향해 뛰어올랐다.

아! 공기가 위로 움직인다. 그 아이의 발이 반짝인다.

그러나 공이 힘없이 툭 아래로 떨어졌다. 동시에 그 아이가 주저앉았다.

나는 칠판으로 눈을 돌렸다. 밖에서 호루라기 소리가 한 번 났다. 나는 다시 밖을 바라보았다. 그 아이가 다리를 절면서 벤치로 갔다.

점심시간이 되었다. 아이들은 모두 급식실로 갔다. 나는 급식을 먹지 않기로 했다. 랭보의 시집을 들고 복도로 나갔다. 아무도 없었다. 나는 창가에 서서 시집을 펼쳤다. 몇 장 넘기다가 한 구절을 찾아냈다.

나에게 취미가 있다면,
땅이나 돌들에 대한 것뿐.
나는 언제나 공기, 바위,

석탄, 철로 점심을 때운다.•

시를 읽는 순간 두 발이 공중으로 떠올랐다.
아! 공중 부양이다. 학교에서 처음으로 하는 공중 부양이다.
시를 가만히 들여다보았다.
공기와 바위로 점심을 때운다니! 아! 나는 무엇으로 점심을 때워야 할까. 누구나 군침을 흘리는 것 말고, 내 발바닥이 식욕을 느끼는 것. 공중 부양을 위한 양식. 그것에 대한 몽상으로 나는 복도에 떠 있다. 배가 고프고, 한없이 가볍다.
배에서 꼬르륵 소리가 났다. 순간 두 발이 바닥에 닿았다. 그때였다. 창밖에 그 아이가 나타났다. 다리를 절면서 체육관 앞을 지나갔다. 그리고 양호실이 있는 복도로 들어갔다.

수업이 모두 끝나고 종례를 마치자마자 나는 귀에 이어폰을 꽂았다. 그러고는 학교를 빠져나갔다. 아이들이 몰려가는 쪽은 학원들이 밀집해 있는 곳이었다. 나는 그 반대쪽으로 걸어갔다.
오늘도 설거지를 하러 식당으로 가야 했다. 그 전에 쓸 수

• 시 「착란Ⅱ: 언어의 연금술」 부분. 시집 『지옥에서 보낸 한철』, 민음사, 2016.

있는 시간이 조금 있었다. 나는 롯데리아로 들어갔다.

새우버거와 콜라를 받아 2층으로 올라갔다. 창가에 앉아 밖을 내다보며 새우버거를 먹었다. 창밖에는 나무가 있었다. 무성한 이파리들 속에서 뭔가가 움직였다. 아! 유리창에 그 아이가 비친 것이다. 뒤쪽 자리에 앉아서 그 아이가 햄버거를 먹고 있었다. 혼자였다.

그 아이도 나를 보고 있을까.

나는 가방에서 랭보의 시집을 꺼냈다. 새우버거와 콜라를 살짝 치워 놓고 시집을 펼쳤다.

그 아이가 나의 멋을 보고 있을까.

나는 천천히 시집을 넘겼다. 그러다가 자리에서 일어섰다.

공중 부양을 할 것이다. 나의 정말 특별한 멋을 보여 줄 것이다.

"나의 공중 15센티를 보여 주자, 리을."

나는 중얼거렸다. 순간 공중 부양을 했다. 15센티 높이의 공중에 나는 떴다. 햄버거 가게에서의 공중 부양! 나의 발바닥은 향기를 창조해 낸 게 아닐까. 음식 냄새가 아닌 향기! 나는 그것을 느꼈다.

그러나 그 아이는 아무것도 모르는 눈치였다. 쟁반을 들고 일어서더니 자리를 떠나 버렸다.

롯데리아에서 나와 걸어갔다. 케이팝을 크게 들었다. 앞에 그 아이가 걸어가고 있었다. 나는 빠르게 걸어서 그 아이를 지나쳤다.
그 아이가 점점 빠르게 걸어왔다.
나를 알아본 걸까. 나에게 말을 거는 걸까.
나는 이어폰의 볼륨을 줄였다. 그 아이가 나에게 바짝 다가왔다. 나는 무심한 척 그 아이를 돌아보았다. 그때 그 아이가 편의점으로 후다닥 들어갔다.
쳇. 나는 고개를 휙 돌렸다. 이어폰의 볼륨을 높였다.
길가에 나무 한 그루가 있었다. 나는 그 나무로 다가갔다. 연두색 작은 이파리들이 돋아난 느릅나무였다.
오! 느릅나무.
그러나 그 나무가 정말 느릅나무인지는 알 수 없었다. 나는 단지 랭보의 시집에 나오는 나무를 떠올렸다.
"상한 자존심을 띄워 올리자, 리을."
나는 나무 아래에서 중얼거렸다. 그러자 두 발이 공중으로 떠올랐다. 환한 봄 햇살 속이었다. 나는 공중 부양을 했다.

그러나 아무도 나를 알아보지 못했다. 사람들은 내 곁을 그냥 지나갔다.

나무 아래에 자라난 풀 때문일까. 풀들이 내 발을 덮은 걸까.

아래를 내려다보는 순간 발바닥이 바닥에 닿았다.

편의점에서 그 아이가 나왔다. 나는 모른 척하고 걸어갔다. 그 아이가 점점 다가왔다. 나는 이어폰의 볼륨을 줄이고 그 아이 쪽으로 돌아섰다.

"다리 괜찮니?"

나는 물었다. 그 아이가 어리둥절한 얼굴로 나를 바라보았다.

"체육 시간에 다쳤잖아!"

"괜찮아."

그 아이가 무뚝뚝하게 대답하고는 걸어갔다. 나는 따라갔다.

"지난번에 이어폰을 찾아 줘서 고마웠어."

"이어폰?"

"매점 앞에서 말이야."

"아!"

"나는 오율. 한오율이야."

"나는 김을오."

"을오? 와! 이름에 리을이 있어!"

"그게 왜?"

"리을! 멋지잖아."

그 아이는 나를 아주 싱겁다는 듯이 바라보았다. 그러고는 시큰둥하게 말했다.

"리을은 어디에나 있어."

봄볕이 거리를 따듯하게 비추었다. 나는 을오 옆으로 가서 나란히 걸었다.

"그런데 왜 우리가 1학년 때는 만나지 못했지? 이상하네."

을오를 슬쩍 바라보았다.

"나는 지난주에 전학 왔어."

을오가 작은 소리로 말했다.

"그랬구나. 어느 학교에서 왔어?"

"……."

"나는 전학 가고 싶은데. 이 학교가 너무 싫거든."

길바닥에 뾰족한 돌멩이 하나가 있었다. 나는 그것을 발로 차 버렸다. 을오가 나를 한 번 바라보았다.

"우리, 저기 있는 나무 아래에서 쉬었다 갈래?"

나는 길가에 있는 나무 한 그루를 가리켰다. 을오가 그 나무를 바라보았다.

"느릅나무."

나는 나무 이름을 알려 주었다. 그 나무가 정말 느릅나무인지는 알 수 없었다. 내가 나무로 향하자 을오가 따라왔다.

나무 아래에서 랭보의 시집을 펼쳐 들 것이다. 봄 햇살 속에서 15센티 떠오를 것이다. 그건 알 수 없는 내 마음이다. 을오에게 생긴 부푼 내 마음이다.

을오가 나무를 올려다보았다. 나는 가방을 열고 랭보의 시집을 꺼내려고 했다. 그때였다.

"이건 느릅나무가 아니야."

을오가 말했다.

"뭐?"

나는 당황했다.

"벚나무잖아."

을오가 나를 빤히 바라보았다.

"아, 아, 나는 느릅나무가 나오는 시집 한 권을 가지고 있는데 볼래?"

나는 얼른 말을 돌렸다.

"아니."

을오가 바로 고개를 저었다.

나는 가방에서 꺼내려던 시집을 그대로 두었다. 을오는 조용히 걸어갔다. 나는 따라갔다.

"그런데 너는 무슨 음악 듣니?"

을오가 물었다.

"케이팝."

나는 대답했다.

"케이팝, 유치하지 않아?"

을오가 나를 바라보았다.

"뭐?"

나는 얼굴에 찬물이 쏟아진 듯했다.

을오가 후드를 머리에 뒤집어썼다. 나도 후드를 머리에 뒤집어썼다.

"나는 이쪽으로 가. 너는?"

을오가 물었다. 나는 을오가 가는 길의 반대쪽을 가리켰다.

"안녕."

을오가 돌아서서 가 버렸다.

골목

은하수로 춤추러 갈래 Let's go
BLACKPINK, <Forever Young>

    몽상을 위한 달빛이다. 그 달빛이 길바닥을 비춘 다음 창문으로 들어온다. 반지하 깊숙이 나의 방으로 들어온다.

    케이팝, 유치하지 않아? 을오의 질문은 나의 귀를 깨뜨려 놓았다. 케이팝이 끝없이 흐르는 귀, 투명한 유리로 된 그 귀를.

    깨진 귀의 조각들이 방바닥에 흩어져 있었다. 달빛에 그 조각들이 반짝였다. 나는 그 조각들을 주워 다시 귀의 자리에 붙였다.

다음 날 아침, 나는 여전히 이어폰을 귀에 꽂고 학교에 갔다. 케이팝을 끝없이 귓속으로 흘려 넣었다.

쉬는 시간에 가끔씩 복도를 내다보았다. 을오가 지나가는지 살펴보았다. 매점 앞 자판기에서 음료수를 뽑아 마셨다. 을오가 오기를 기다렸다. 학교가 끝나면 롯데리아로 갔다. 랭보의 시집을 만지작거리며 창문에 비치는 것들을 살펴보았다. 을오는 어디에서도 나타나지 않았다. 그렇게 며칠이 지나갔다.

나무 아래에서 하늘을 바라보았다. 학교가 끝나고 식당으로 가는 길이었다.

봄빛이 푸르다. 그 푸른 빛 사이에서 그 아이가 나타날 것만 같다. 궁금한 빛, 을오!

그때 엄마에게서 전화가 왔다. 목소리가 어둡고 다급했다.

"너, 식당에 오지 마."

"어?"

"빚쟁이들이 찾아왔어. 집에도 가지 마."

"집에도?"

"집에는 되도록 늦게 들어가. 알았지? 끊어."

통화 끝에 탁자 넘어지는 소리가 났다. 나는 가던 길을 멈

추었다.

식당에선 무슨 일이 일어난 걸까. 두려웠다. 엄마에겐 점점 늘어나는 빚이 있었다. 빚쟁이들이 찾아온 것은 처음이었다.

아! 나는 왜 만삭의 엄마 모습이 떠오른 걸까. 엄마의 목소리. 그건 엄마가 나를 뱃속에 감추어 주는 듯한 느낌이었다.

움도서관에 가자. 오늘 천장 난간에 오를 수 있을까. 그러면 거기서 밤을 지새울 수 있을 텐데. 그러면 집에 안 들어가도 될 텐데.

나는 후드를 뒤집어쓰고 전철역으로 갔다.

"오율."

뒤에서 부르는 소리가 들렸다. 홍대입구역을 빠져나갈 때였다. 나는 뒤를 돌아보았다. 을오가 계단을 뛰어 올라왔.

계단 끝에서 우리는 서로를 뚫어지게 바라보았다.

"어디 가?"

나는 물었다.

"너는?"

을오가 되물었다.

"나는 숨으러 가."

나는 바로 걸음을 옮겼다. 을오가 따라왔다.

"도서관에 가는 거야."

"도서관에? 숨으러?"

"나의 난간을 보러 갈래?"

나는 말을 툭 던지고 빠르게 걸어갔다. 을오가 계속 따라왔다.

곧 움도서관에 닿았다. 나는 꼭대기 층에 있는 북카페로 을오를 데려갔다. 그리고 천장의 난간을 가리켰다. 을오는 가만히 난간을 올려다보았다.

"나는 저기에 올라갈 거야."

나는 작은 소리로 말했다.

"저기에 숨는다고?"

을오가 물었다.

"응. 저기서 밤도 지새울 수 있어."

"엄청 높은데 어떻게 올라가지?"

"방법을 찾을 거야."

을오는 나에게 가만히 고개를 끄덕였다.

아! 나는 이 아이가 좋다. 고개를 끄덕여 주어서 좋다. 집어치우라는 눈빛이 없어서 좋다.

을오는 나를 따라서 빈백에 등을 대고 앉았다. 그리고 나를 따라서 창밖의 하늘을 바라보았다.

"나는 여기 누워서 잠을 자."

"사람들 눈치 안 보여?"

"누가 눈치 주면 더 쿨쿨 자."

"맘에 든다."

을오가 미소를 지었다.

아! 이 미소 짓는 아이에게 나의 공중 부양도 보여 줄까. 861-ㄹ326지의 위치로 데려가서 깜짝 놀라게 해 줄까.

"나의 골목을 보러 갈래?"

을오가 물었다.

"골목?"

나는 을오에게 귀를 기울였다.

을오는 새로운 음악을 찾아서 골목을 돌아다닌다고 했다. 골목에 붙은 인디밴드들의 공연 포스터를 보러 가는 것이었다.

"그냥 좀 헤매고 다니는 거야."

을오가 자리에서 일어섰다. 나는 을오를 따라가기로 했다.

저녁의 거리는 사람들로 붐볐다. 상점들의 조명이 점점 환해지고 있었다. 을오를 따라 한 골목으로 들어갔다. 작은 술집들이 늘어선 골목이었다. 바닥에선 끈적끈적한 습기가 올라왔다. 한 술집 앞에서 을오가 멈춰 섰다.

"상자B."

을오가 벽에 붙은 포스터를 가리켰다. 포스터엔 술병이 쌓인 사진 위에 '상자B'라고 쓰여 있었다.

"술 이름이야?"

"밴드 이름이야."

"무슨 뜻인데?"

"이 밴드는 머리에 상자를 뒤집어쓰고 노래를 해."

"웃기겠는데?"

"이들의 음악은 록과 팝을 기반으로 디스코 사운드를 혼합해. 그리고 상자 퍼포먼스로 의미를 전달해."

"그래?"

"공연은 이미 끝났어. 지난 포스터야."

을오는 골목을 계속 걸어갔다. 나는 따라갔다.

"상자를 쓰고 있으면 얼굴은 볼 수 없겠네?"

"응. 일부러 얼굴을 공개하지 않아. 상업적 비주얼에 반항하는 거지."

"오!"

나는 입이 벌어졌다. 을오의 표현이 멋있었다.

"음악은 어때?"

"모든 시시함에 반항하지."

오! 나는 다시 입이 벌어졌다. 시시하지 않은 한 아이가 내 앞에 있었다.

다른 골목으로 들어갔다. 안쪽에 불에 타서 까맣게 그을린 집이 있었다. 주변의 담벼락도 검게 그을려 있었다.

"불이 났었나 봐."

"이런 곳에도 포스터는 붙어."

나는 을오를 따라 안쪽으로 들어갔다. 무너져 내릴 것 같은 벽에 포스터 한 장이 붙어 있었다.

"헤드콘솔. 특유의 사이키델릭한 톤을 가지고 있는 밴드야. 가사는 어둡고 신경질적이랄까."

"신경질적?"

"음악으로 신경질을 부리는 거야. 이 사회에 있는 부당한 것들에 대해."

나는 가만히 고개를 끄덕였다.

아! 이 아이는 멋이 있다. 작고 어두운데 멋이 있다. 뭔가 뜨거운 가운데에 차가운 핵을 가지고 있다.

"시나몬 츄러스 어때?"

"그 밴드는 어떤 밴드야?"

을오가 이를 드러내고 환하게 웃었다.

골목을 나가자 츄러스를 파는 가게가 있었다. 을오가 시나몬 츄러스 두 개를 샀다. 우리는 츄러스를 먹으며 다시 골목을 걸었다.

"너는 왜 항상 이어폰을 꽂고 다녀?"

을오가 물었다.

"이게 편해. 이렇게 머리까지 흔들면 아무도 안 다가오지."

나는 머리를 가볍게 흔들어 보였다.

"아무도 안 다가와?"

"응."

"아! 나는 다가갈게."

을오가 미소를 지었다. 순간 나는 이어폰에서 커다란 소리를 들었다. 내 심장이 뛰는 소리!

골목 끝까지 걸어갔다. 그곳에 작은 극장이 있었다.

"이 극장에선 독립 영화를 상영해."

"독립 영화?"

"단편 영화가 많아. 다큐멘터리도 있고. 일반 극장에 걸리는 상업 영화와는 다른 것들이지. 나는 이런 영화들이 좋더라."

극장 출입문에 포스터가 붙어 있었다.

"이 극장에선 인디밴드 공연도 해."

나는 을오와 함께 포스터를 들여다보았다.

"땡전2오. 이 밴드는 전자 음악을 주로 하는데 사운드가 실험적이고 혁신적이지. 공사장 소음을 혼합하기도 해."

"와! 너는 어떻게 이런 밴드들을 알고 있는 거야? 나는 다 처음 듣는 밴드들이야."

"이 밴드들은 골목에서만 활동해. 골목에 있는 소극장이나 카페, 술집 등에서 공연을 하지. 대형 소속사를 거부하고 티브이 프로에는 나가지 않아. 돈을 얻기 위해 노래를 팔지 않아. 그래서 땡전. 나는 이 밴드 이름이 마음에 들어. 땡전 한 푼 없다, 할 때 땡전! 이 세상의 자본에 저항하는 게 인디지."

"아!"

"그러면서 가장 독특한 음악을 만들어 내는 게 인디지."

아! 이 아이의 멋은 가장 밝은 빛을 낸다. 눈이 부시다.

순간 나의 두 발이 공중으로 떠올랐다.

이게 무슨 일일까. 무엇이 나를 공중 부양 시킨 걸까.

어리둥절해서 바닥을 내려다보자 두 발이 바닥에 닿았다.

을오는 하늘을 올려다보고 있었다. 나도 하늘을 올려다보았다. 어느새 밤이 되어 있었다. 하늘에선 푸른 것들이 반짝이기 시작했다.

"이제 어디로 가지?"

을오가 하늘로 고개를 든 채 물었다. 내 귀에는 케이팝이 흐르고 있었다.

"은하수로 춤추러 갈래?"

고백

라라라 이 노래를 불러요 나 그대와 이 노랠 불러요
이무진, <우리 둘이서>

⏮ ▶ ⏭

    을오와 나는 핸드폰 번호를 교환했다. 다음에는 다른 밴드들을 찾아 보자고 했다. 다른 츄러스도 먹어 보자고 했다. 핸드폰 번호 다음에는 자연스럽게 SNS 계정을 물었다. 을오는 나처럼 아무 계정이 없었다. 나는 그런 막힘을 가지고 있는 을오가 좋았다. 그 막힘 속에는 누구에게 보여 주지 않아도 잘 자라는 나무 같은 게 있으니까.

    늦은 밤이었다. 침대에 누워 이어폰을 꽂고 케이팝을 들었다. 너는 케이팝을 좋아하는 거야? 어느 골목에선가 을오가 물었다. 나는 대답하지 못했다. 을오는 인디밴드의 곡들을 좋아한다고 했다. 인디밴드의 곡들도 케이팝에 속했지만, 을오는 그것을 독립적인 장르로 보고자 했다.

나는 정말 케이팝을 좋아하나? 얼마나 좋아하지? 케이팝의 어떤 점을 좋아하지?

나는 단지 물들어 있는 게 아닐까. 어디서든 케이팝이 흘러나온다. 티브이에서건, 마트에서건, 체험 학습으로 간 유원지에서건. 들으려 하지 않아도 들린다. 그 들리는 것 속에서 나의 감각은 자라고 있다.

그런데 나는 들리는 것만 듣고 있었던 게 아닐까. 들리지 않는 것을 찾아서 들으려고는 하지 않았다. 을오는 그것을 하고 있었다.

케이팝엔 한국어 가사가 있다. 이 가사는 당연히 한국적인 내용이다. 그래서 흔하디흔할 수 있고, 그게 그거일 수 있다. 그렇게 뻔한 가사가 많기도 하다. 그러나 한 줄, 내 마음을 어루만지는 가사 한 줄이 있다. 나는 그 한 줄이 좋다. 아! 내가 좋아하는 케이팝은 그 한 줄이 아닐까.

한국어로 쓴 가사가 없다면 그것은 케이팝이라고 할 수

없을 것이다. 한국어 가사가 뿜어내는 감정과 리듬이 있을 때 케이팝은 빛날 것이다.

우리의 마음을 건드릴 수 있는 가사 한 줄. 전 세계 사람들의 마음까지도 흔들 수 있는 가사 한 줄. 상상만 해도 가슴이 설렌다.

마침 귀에 가사 한 줄이 들렸다.

'라라라 이 노래를 불러요. 나 그대와 이 노랠 불러요.'

아! 케이팝에도 'ㄹ'이 있다. 라라라. 리을이 있다.

나는 케이팝의 가사 한 줄을 쓰고 싶다. 그 한 줄을 새롭게 쓰고 싶다. 아직 세상에 나오지 않은 한 줄, 아직 누구도 창작해 내지 못한 한 줄. 나는 그 한 줄을 쓸 것이다. 아! 나는 드디어 꿈을 가졌다. 리을을 새롭게 발견했다. 나의 리을, 꿈이다.

아침이 밝았다. 일어나 방을 나갔다. 현관에는 엄마와 허 씨의 신발이 있었다. 그들은 새벽이 되어서야 집으로 들어왔다. 빚쟁이들이 찾아온 식당은 온전했을까. 서로 욕을 퍼붓고 악을 썼을까.

나는 주방으로 들어가 물을 마셨다. 그때 안방에서 허 씨가 나왔다. 그가 주방으로 들어왔다. 눈두덩이가 찢어지고 시

퍼렇게 부어 있었다. 나는 한 걸음 뒤로 물러섰다.

"그 새끼들 이제 다시는 못 찾아올 거야. 내가 뚝배기를 왕창 깨 버렸거든."

허 씨가 생수병을 들어 물을 벌컥벌컥 마셨다.

"엄마는요?"

"안 다쳤어."

허 씨는 화장실로 들어갔다. 이상하게도 오늘은 오줌 쏟아지는 소리가 안 들렸다. 수돗물 쏟아지는 소리만 크게 들렸다.

현관에 있는 신발들을 다시 들여다보았다. 엄마 신발 옆에 허 씨의 신발이 나란히 놓여 있었다. 엄마 옆에 허 씨가 있는 게 다행인 걸까.

이어폰을 귀에 꽂고 집을 나섰다. 케이팝을 들으며 학교로 갔다. 오늘부터 나의 재생 목록엔 인디밴드의 곡들도 넣었다.

도로 갓길로 아이들이 줄을 지어 걸어갔다. 혼자 걸어가는 아이 중에 을오가 있는지 살펴보았다. 눈에 띈다면 을오에게 다가갈 것이다. 이제 나에게도 아침 인사를 건넬 아이가 생겼다. 그 아이에게 새롭게 발견한 나의 리을에 대해 이야기해 줄 것이다.

쉬는 시간에 자꾸 복도를 내다보았다. 을오는 지나가지 않았다. 4교시가 조용히 지나갔다. 점심시간이 되어 아이들이 모두 급식실로 갔다. 나는 혼자 교실에 남았다. 이어폰을 꽂고 케이팝을 들었다.

배가 고팠다. 매점에 가서 빵이라도 사 먹어야 할 것 같았다. 나는 복도로 나갔다. 그때 을오와 눈이 마주쳤다. 을오가 복도에서 나를 기다리고 있었다. 순간 나는 두 귀에서 이어폰을 뺐다.

'아!'

내 귀에선 새로운 소리가 들렸다.

을오의 눈꺼풀이 한 번 깜박이는 소리. 어떤 얇은 선이 움직이는 소리. 세상이 닫혔다가 새롭게 열리는 듯한 소리. 그리고 눈부신 빛! 이 감정은 무엇일까.

누군가의 귀에는 종소리가 들리고 세상이 온통 핑크빛으로 보인다는 그것. 아마도 그것이라면, 나에게도 온 그것이라면, 'ㄹ'과 함께 온 것. 아! 로맨스다.

"나에게 가장 예쁜 리을이 왔어!"

나는 멍하니 서서 중얼거렸다.

을오와 함께 급식실로 갔다. 배식을 받은 뒤 자리를 잡았다. 식판을 놓고 을오와 마주 앉았다. 옆자리에는 반 아이들이 있었다.

"인디밴드 중에 상자B 말이야."

나는 을오에게 말을 꺼냈다. 아이들이 나를 돌아보는 게 느껴졌다.

"나는 그 밴드가 마음에 들어. 상자로 하는 퍼포먼스는 정말 신선해."

"관객도 원하면 머리에 상자를 쓰고 공연장에 입장할 수 있어."

을오가 말했다.

"그래? 나도 상자를 쓰고 싶다!"

나의 목소리는 커졌다.

옆자리에서 반 아이들이 우리를 힐끔거렸다.

'우리는 우리만의 이야기를 즐길 거다. 누구도 우리 사이에 끼어들 수 없다, 리을.'

나는 속으로 중얼거렸다.

"그 밴드 공연이 언제 있을까?"

"아마 곧 있을 거야."

"우리 그 공연 보러 가자."

"그럴까?"

"정말 재미있을 것 같아."

"공연 일정 뜨면 바로 표를 예매하자."

"공짜 아냐?"

나는 눈을 동그랗게 뜨고 물었다.

"그런 게 어딨어?"

"뭐야, 인디밴드는 자본에 저항한다며? 그러면 공연도 무료로 해야 하는 거 아니야? 아니면 5천 원만 받든가."

"뭐?"

"아니면 돈 대신 상자를 받든가."

을오가 웃었다.

"설거지를 열심히 해야겠네."

"설거지?"

"나는 엄마가 하는 식당에서 설거지를 해. 그러고 돈을 받아."

"표는 걱정 마. 내가 구할게."

밥이 너무 맛있었다. 학교에서 처음으로 맛있게 먹는 밥이었다.

"화단 뒤쪽에 단풍나무 숲이 있어. 그곳에 가자."

나는 을오에게 고백을 하기로 했다. 새롭게 발견한 리을 이야기를 함께 들려주기로 했다.

우선 매점에서 음료수를 샀다. 을오가 먼저 초코우유를 집어 들었다. 나도 초코우유를 집어 들었다. 우리는 화단 쪽으로 걸어갔다.

"나에겐 리을이 있어."

"리을?"

"너, 고려가요에 리을이 있는 거 알아?"

"……."

"고려가요 후렴구엔 리을이 있어. 리을 음이 있어."

"그래?"

"너, 케이팝에도 리을이 있는 거 알아?"

"무슨 리을?"

"있어."

"그래?"

"그리고 내가 쓸 가사에도 리을이 있을 거야."

내 목소리는 한껏 들떴다. 하지만 을오는 아무것도 알아채지 못했다.

곧 숲에 닿았다. 그곳엔 작은 단풍나무 두 그루가 자라고 있었다.

"두 그루인데 숲이라고 할 수 있나?"

을오가 고개를 갸우뚱했다.

"두 그루도 숲이지!"

나는 우겼다. 을오는 고개를 끄덕였다.

우리는 아주 작은 숲에 있었다.

"나는 리을을 새롭게 발견했어. 그건 꿈이야. 내가 이룰 꿈. 나는 멋진 가사 한 줄을 쓸 거야."

"작사가가 되는 게 꿈이야?"

"응. 그러니까 나는 내 꿈을 걸고······."

가슴이 떨리기 시작했다. 떨림이 입술까지 올라왔다.

"우리 사귈래?"

나는 말해 버렸다.

을오가 당황한 듯 두 눈을 끔벅거렸다.

"나는 너 좋아해. 내 꿈을 걸고."

푸른 단풍잎들이 바람에 한 번 흔들렸다.

"어, 그게······."

을오는 머뭇거렸다.

"너는 어떤데?"

"나는…… 좀 시간이 필요해."

"거절?"

"아니. 그건 아니야."

나는 초코우유를 벌컥벌컥 마셨다. 을오는 가만히 서 있었다.

"좋아. 내일 861-ㄹ326지로 가자."

"어?"

"움도서관에 가자. 거기서 보여 줄 게 있어."

"뭘?"

나는 을오에게 나의 공중 부양을 보여 줄 것이다. 나의 고백은 정점에 다다를 것이다.

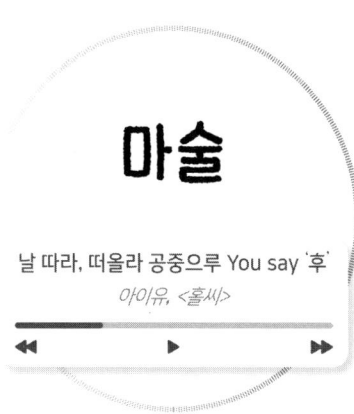

밤이 깊었는데 잠이 오지 않았다. 내일 을오와 함께 움도서관에 가기로 했다. '861-ㄹ326지'의 위치에서 나의 고백은 빛날 수 있을까. 을오는 나의 공중 부양을 이해할 수 있을까.

토요일이라 시간이 여유로웠다. 움도서관에 가기 전에 버스킹을 먼저 보기로 했다.

"매직기타. 마술처럼 엄마가 나타나는 공연이야."

을오가 들뜬 얼굴로 말했다.

홍대입구역에서 내려 축제거리 광장으로 갔다. 그곳엔 사람들이 많이 모여 있었다. 나는 을오와 함께 앞쪽 자리로 갔다.

마술사 한 명이 서 있었다. 중절모를 쓰고 파란색 재킷을 입은 남자였다. 마술사 뒤에는 분홍색 보자기가 씌워진 탁자가 있었다. 그 옆에는 의자 위에 기타가 놓여 있었다.

마술사가 재킷 속에서 트럼프카드 한 장을 꺼냈다. 손끝에서 그 카드는 여러 장으로 줄줄이 떨어져 내렸다. 마술사는 춤을 추듯이 움직였다. 몸 곳곳에서 카드가 쏟아졌다.

나는 사람들과 함께 박수를 쳤다. 을오는 가만히 있었다.

마술사가 을오에게 다가왔다. 그러더니 재킷 속에서 장미 한 송이를 꺼냈다. 그 장미를 을오의 머리 위에 올려놓았다. 마술사가 두 손을 비비는 순간 장미가 사라지고 비둘기가 날아올랐다.

"와!"

사람들이 작게 환호성을 질렀다.

마술사가 재킷 속에서 장미 한 송이를 더 꺼냈다. 그리고 내 머리 위에 올려놓았다.

'내 머릿속에서 새를 꺼내나 봐.'

나는 긴장했다. 곧 내 머리 위에서 장미가 사라지고 뭔가가 반짝였다.

"오!"

사람들이 박수를 쳤다. 나는 머리 위를 올려다보았다. 마술사의 손에 마이크가 들려 있었다.

마술사는 기타 앞에 있는 거치대에 마이크를 꽂았다. 노래가 시작되려는 모양이었다. 그런데 갑자기 마술사가 탁자 밑으로 들어갔다. 그러더니 분홍색 보자기를 뒤집어쓰고 천천히 일어섰다. 주위엔 신비한 기운이 감돌았다. 그때였다. 보자기를 걷어 젖히고 한 여자가 나타났다.

"우아!"

사람들이 크게 환호성을 질렀다. 마술사가 사라지고 가수가 나타난 것이다. 긴 머리에 검은 원피스를 입은 여자였다. 그 가수가 기타를 들고 의자에 앉았다. 마이크를 입 가까이 끌어당기고 노래를 시작했다.

가수의 목소리와 기타의 선율이 몽롱하게 들렸다. 마술사는 어떻게 가수로 변한 걸까. 분홍색 보자기는 바닥에 펼쳐져 있고 탁자는 네 개의 다리가 다 드러나 있었다. 마술사는 어디로 숨은 걸까. 나는 멍하니 서서 노래를 들었다.

공연이 끝나고 가수가 자리에서 일어섰다. 그때 건물 모퉁이에서 마술사가 걸어 나왔다. 중절모에 파란색 재킷을 입은 그 마술사였다. 사람들은 환호성을 지르며 박수를 쳤다. 마술사와 가수가 함께 관객들에게 인사를 했다.

"이제 가자."

을오가 내 팔을 잡아끌었다.

우리는 움도서관을 향해 걸어갔다.

"정말 재미있는 공연이었어."

"발라드를 조금 펑키하게 편곡했지."

"아, 그래?"

눈앞에 츄러스 가게가 있었다. 우리는 츄러스를 하나씩 사서 입에 물었다. 츄러스가 다 사라질 때까지 조용히 걸어갔다.

"매직기타 그 가수 말이야. 우리 엄마야."

을오가 말했다.

"뭐?"

나는 살짝 웃었다. 을오가 농담을 하는 것 같았다.

"나는 항정동에 있는 청록센터에 살아. 거긴 보육 시설이야."

"그래? 항정동이면 내가 사는 곳인데, 그런 곳이 있어?"

나는 조금 놀랐다.

"올해에 이곳 센터로 왔어. 그 전엔 다른 센터에 있었어."

을오는 천천히 자기 이야기를 시작했다. 마치 소설 속의 한 인물을 설명하는 듯했다.

세 살 때 을오는 보육원에 맡겨졌다. 엄마 얼굴은 기억하지 못했다. 네 살이 되었을 때 보육원으로 한 마술사가 찾아왔다. 그날은 을오의 생일이었다. 그 마술사가 아이들을 모아 놓고 마술을 보여 주었다. 그때도 마술사는 탁자 밑으로 들어가 분홍색 보자기를 뒤집어쓰고 가수가 되었다.

"와! 그 옛날 가수가 오늘 가수란 말이야?"

나는 놀라서 물었다.

"엄마가 나를 보러 온 것이었어."

"그런데?"

을오는 그날 이후로 엄마를 보지 못했다. 다섯 살 때 한 가정으로 입양되었기 때문이다. 하지만 1년 만에 파양이 되었고, 다른 보육원으로 가게 되었다.

"정말 그 가수가 엄마 맞아?"

나는 다시 물었다.

을오는 가방에서 카드 한 장을 꺼냈다. 모서리가 닳고 색이 바랜 트럼프카드였다. 카드에는 붉은 다이아몬드와 여왕

그림이 있었다.

"그날 그 가수가 내 손에 이걸 쥐여 주었어. 그리고 내 귓가에 말했어. '엄마가 꼭 찾으러 올게'라고. 그 목소리를 기억해."

을오는 열두 살 때 우연히 길에서 매직기타의 공연을 보게 되었다. 가수의 노래는 엄마의 목소리였다. 그러나 그 가수는 을오를 알아보지 못했다. 을오는 부쩍 커서 얼굴이 변했고, 이름도 바뀌어 있었다.

"경쾌한데 그 속에 슬픔 같은 게 있어."

을오는 엄마의 노래를 그렇게 말했다.

"그 카드를 보여 주면 엄마가 너를 알아볼 거야."

나는 얼른 말했다.

"아니."

을오가 고개를 가로저었다.

"내가 입양이 되었다는 건, 엄마가 입양 동의서에 서명을 했다는 얘기야. 나를 찾지 않으려고 했던 거지."

을오는 조용히 걸어갔다.

아! 맑고 여린 푸른빛이 떠올랐다. 마술처럼 엄마가 나타나기를 기다리는 어린아이의 눈빛이었다.

"아! 나는 가사 한 줄을 쓸 수 있을 것 같아."

나는 들떠서 말했다. 을오가 나를 바라보았다.

"네가 해 준 이야기 속에서 말이야."

"……."

"이야기를 해 줘서 고마워."

횡단보도 앞에서 우리는 멈추어 섰다.

"그런데 아직도 시간이 필요해?"

"뭘?"

"그거."

나는 을오의 눈을 바라보았다.

"응. 나도……."

을오는 머뭇거렸다.

"나는 너 좋아해."

나는 다시 고백했다.

"나도 너 좋아해."

을오가 작은 소리로 말했다.

"우리 861-ㄹ326지로 가자."

"그게 뭔데?"

나는 을오에게 나의 첫 리을을 이야기해 주었다. 랭보의 시집과 공중 부양에 대해 말해 주었다. 을오는 어리둥절한 얼굴이었다.

우리는 곧 움도서관에 닿았다. 엘리베이터를 타고 3층 문헌정보실로 갔다.

816-ㄹ326지의 위치에서 랭보의 시집 『지옥에서 보낸 한철』을 꺼내 들었다. 아! 이 무거운 이 느낌. 예감이 좋지 않았다. 발을 내려다보았다. 공중 부양이 되지 않았다.

"이게 혼자 있을 땐 잘되는데."

나는 당황했다. 을오는 가만히 서 있었다.

"서가 뒤에 숨어서 봐 줄래? 그러면 이번엔 떠오를 거야."

을오는 서가 뒤쪽으로 가서 몸을 숨겼다. 나는 심호흡을 한 뒤 다시 랭보의 시집을 꺼내 들었다. 발바닥에 서늘한 기운이 느껴졌다.

오! 15센티의 공중이다! 마술 같은 공중이다! 빛나는 공중이다!

나는 공중 부양을 했다. 이것을 을오가 보았을까. 순간 발바닥이 바닥에 닿았다.

을오가 환한 얼굴로 다가왔다.

"봤어?"

나는 기대에 부풀어 물었다.

"응. 봤어."

"그치? 공중 부양이 됐지?"

"응. 됐어. 너는 공중 부양을 했어."

"정말이지?"

"놀라워. 너는 정말 놀라워."

"와!"

나는 기뻐서 을오의 손을 잡았다. 그리고 나도 모르게 가사 한 줄을 외웠다.

"날 따라, 떠올라 공중으루 You say 후."

순간 우리는 함께 공중으로 떠올랐다. 발바닥에 신비한 공기가 느껴졌다.

서로를 끌어올린 어떤 힘! 이것은 우리의 공중 부양이다.

나는 을오와 두 눈을 마주 바라보았다. 을오의 눈동자가 점점 커다래졌다.

나는 나보다 앞서 온 모든 이들과는 전혀 딴판으로 찬양할 만한 발명가이다. 또한 사랑의 열쇠 같은 어떤 것을 발견한 음악가 자체이다.•

랭보의 시를 읽었다. 나는 공중 부양을 했다. 달밤이었다. 내 방 창가였다. 아름다운 달이 내 몸을 끌어올렸다.

• 시 「삶」 부분. 시집 『지옥에서 보낸 한철』, 민음사, 2016.

학교 가는 길이 좋아졌다. 나는 이어폰 볼륨을 줄이고 을오의 소리를 기다렸다. 발소리, 그림자가 다가오는 소리, 머리카락과 바람 소리, 옷깃과 숨소리. 을오의 모든 소리를 기다렸다. 을오의 미소! 그건 아침의 가장 행복한 소리였다.

기다리던 점심시간이 되었다. 나는 을오와 함께 급식실로 갔다. 밥을 맛있게 먹은 뒤에 매점에서 초코우유를 샀다. 그리고 단풍나무 숲으로 갔다.

"무슨 노래 들어?"

"Love wins all. 이 노래의 후렴구엔 love가 네 번 이어져. love, love, love, love. 'l'은 'ㄹ' 발음이지."

"아, 아리랑에도 리을이 있어."

을오가 문득 생각난 듯이 말했다.

"그러네. 고려가요와 케이팝 사이에 아리랑이 있었어."

나는 두 눈을 크게 떴다.

와! 아리랑은 새로운 발견이다. 우리 민족의 애환이 담긴 아리랑. 기쁨과 슬픔, 그 감정의 리을. 내가 쓸 가사 한 줄은 보다 풍요로운 감정일 것이다.

학교가 끝나고 우리는 움도서관으로 갔다. 북카페는 한산

했다. 빈백에 등을 대고 나란히 앉았다. 을오가 공책 한 권을 나에게 건넸다. 그것을 펼쳐 보았다. 페이지마다 악보가 그려져 있었다.

"작곡을 공부하고 있어. 그냥. 혼자."
"와!"
나는 복잡한 악보들을 가까이 들여다보았다.
"유명한 곡들을 따라서 써 본 거야. 내 곡은 아직 없어."
"그래?"
"언젠가는 나의 곡을 쓸 거야."
"응."
나는 고개를 끄덕여 주었다.
"그날 나는 좀 어지러웠어. 네가 내 손을 잡은 날 말이야. 공중에 붕 뜬 것 같기도 하고."

을오는 그날 우리의 공중 부양이 실감 나지 않았던 모양이다. 나의 공중 부양을 유일하게 봐 준 사람. 을오는 어쩌면 가장 큰 상상력을 나에게 바쳤을 수도 있다.

"작곡은 내 꿈이야. 그러니까 나도 내 꿈을 걸고 다시 고백하는 거야."

을오가 내 눈을 바라보았다. 나도 을오의 눈을 바라보았다.

오! 우리는 서로에게 꿈을 걸었다. 지옥의 어둠 속에서 밝은 눈빛을 건졌다. 꿈의 눈빛이었다. 이 빛은 우리를 어디로 데려갈까. 나는 귀에 꽂은 이어폰 하나를 을오의 귀에 꽂아주었다. 그리고 노래를 재생시켰다. 가사 한 줄이 우리의 귀에 흘렀다.

'그곳이 어디든, 오랜 외로움 그 반대말을 찾아서.'

3교시 수업이 끝나고 쉬는 시간이었다. 화장실로 가는데 뒤에서 해파 언니들이 나타났다. 나는 서둘러 화장실로 들어갔다. 해파 언니들이 따라서 들어왔다. 화장실 안에 있던 아이들이 슬금슬금 밖으로 나갔다. 나는 비어 있는 칸으로 들어가 문을 잠갔다.

"야, 설렁탕."

우두머리 언니가 화장실 문을 발로 찼다.

"하나, 둘, 셋, 하면 돈을 내밀어라. 여기 아래로."

문 아래 틈으로 발 하나가 들어왔다.

"어서 찾아 봐. 몸 어딘가에 돈이 있을지도 모르지."

"자, 센다."

나는 문고리를 잡고 버텼다. 하나, 둘, 셋. 그들의 목소리가 크게 울렸다. 순간 위에서 붉은 무언가가 날아왔다.

"윽."

라면 국물이 가슴 위로 쏟아졌다. 붉은 국물이 교복 치마 위로 줄줄 흘러내렸다. 수업을 알리는 종이 울렸고, 해파 언니들은 웃으면서 사라졌다.

나는 얼어붙은 채 서 있었다. 발끝조차 움직일 수 없었다. 나는 화장실에 세워진 대걸레 같았다.

4교시 내내 화장실에 있었다. 옷에 묻은 라면 국물을 수돗물로 씻어 냈다. 재킷과 치마에 묻은 것은 잘 씻겼다. 하지만 흰 셔츠엔 붉은 얼룩이 선명하게 남았다. 그리고 쿰쿰한 라면 국물 냄새가 온몸에서 났다.

시간이 천천히 흘러갔다. 나는 축축한 옷을 입고 견뎠다. 나에게 밴 오물 냄새를 견뎠다. 귀에선 케이팝이 흘렀는데, 모든 노래가 죽어 있었다.

점심시간이 되었다. 아이들이 급식실로 이동하는 소리가 났다. 조용해졌을 때 화장실을 나갔다. 교실 앞 복도에 을오가 서 있었다.

셔츠에 묻은 얼룩과 냄새로 을오는 사건을 눈치챘다.

"냄새 많이 나?"

나는 걱정스러운 얼굴을 하고 물었다.

"아니."

을오가 나를 안심시켰다.

"다음엔 당하지 마."

"응."

나는 멋쩍게 웃어 보였다.

"나를 불러. 내가 달려갈게."

을오가 말했다.

"알았어."

나는 고개를 끄덕였다.

우리는 복도에 어둡게 서 있었다. 나는 애써 웃고 있었는데 자꾸 어두워졌다. 을오는 속상한 마음을 감추고 있었는데 자꾸 어두워졌다.

"나랑 갈 데가 있어."

을오가 내 팔을 잡아당겼다. 을오를 따라 복도를 빠져나갔다. 강당이 있는 건물로 갔다. 그 건물 2층에 음악실이 있었다. 수업이 없을 때 그곳은 문이 잠겨 있었다. 을오가 창문 하나를 슬쩍 열었다. 우리는 그 창문을 넘어 음악실로 들어갔다.

을오가 피아노 앞에 앉았다. 그리고 재킷 안에서 악보를 꺼냈다.

"인트로를 완성했어."

"인트로?"

"곡의 시작. 전주를 말해."

을오가 악보를 펼쳐 놓고 피아노를 치기 시작했다.

그런 선율이 있었다. 젖은 옷을 입고 웅크린 아이, 오물을 뒤집어쓰고 어두워진 아이. 그 아이가 몰래 흘린 눈물. 그 눈물을 공중으로 방울방울 띄우는 그런 선율이 있었다.

웅크린 어린이가 향기로운 황혼 무렵에
슬픔으로 가득 차 5월 나비처럼 연약한
배를 띄우는 검고 차가운 물웅덩이이다.•

랭보의 시를 읽는다. 시 세 줄이 나를 공중 부양 시킨다. 나의 발바닥은 물웅덩이를 창조한다. 그 위에 띄울 여리고 푸른 배도 창조한다. 슬픔을 아름다움으로 창조해 내는 감각.

• 시 「취한 배」 부분. 시집 『지옥에서 보낸 한철』, 민음사, 2016.

나의 발바닥은 힘을 느낀다.

"널 생각만 해도 난 강해져."

가사 한 줄을 공중에서 중얼거린다.

해파 언니들이 나타난다. 그들은 공중에 뜬 나의 발을 알아보지 못한다. 그들이 나를 끌고 빈 음악실로 간다. 거기 어둠이 있다. 악기가 놓이지 않는 자리, 그들이 파 놓은 검은 구덩이다. 그들이 내 머리채를 잡아 검은 구덩이에 처박으려 한다. 나는 결코 처박히지 않는다, 리을. 나는 소리친다. 그들이 나를 마구 밟는다. 나는 밟히지 않는 물이다, 리을. 그들이 욕을 퍼붓는다. 나는 공중 부양을 한다. 공중으로 15센티 떠오른다. 내 발바닥은 뜨겁다. 공중으로 더 높이 떠오른다.

그들이 내 머리채를 잡으려 손을 뻗는다. 나는 공중을 걸어 그들에게서 빠져나간다. 그들이 나를 돌아본다. 내 발바닥엔 가시가 돋는다. 이제 나는 달린다. 공중을 달려서 그들에게 앞차기를 날린다.

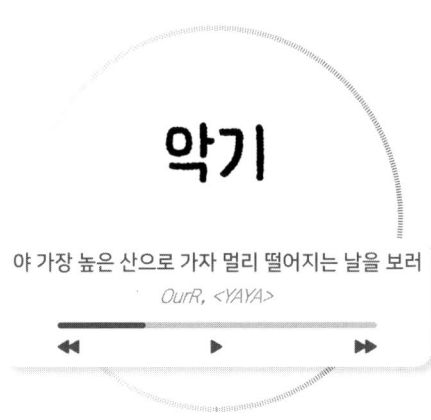

악기

야 가장 높은 산으로 가자 멀리 떨어지는 날을 보러
OurR, <YAYA>

　음악실에서 있었던 일은 소문이 되었다. 그날 나는 공중앞차기를 날리고 바닥에 쓰러졌다. 몸에 있는 힘을 다 써서 기절했던 것이다. 선생님과 아이들이 달려왔고, 을오도 달려왔다. 을오가 내 발을 흔들었고, 나는 깨어났다.

　선생님과 아이들 앞에서 해파의 우두머리 언니가 갑자기 코피를 흘렸다. 이유를 알 수 없는 코피였지만 그것으로 소문은 완벽해졌다. 해파의 우두머리가 당했다. 발을 휘두르며 악을 쓰는 이상한 아이에게.

하교 시간이었다. 운동장에서 을오가 나를 기다리고 있었다. 나는 을오에게 달려갔다.

'야 가장 높은 산으로 가자. 멀리 떨어지는 날을 보러.'

가사 한 줄과 함께 달려갔다.

내 발은 아주 가볍다. 눈앞에 나타나는 높은 산이라도 단숨에 오를 듯하다. 눈앞에 나타나는 어떤 것이라도 뛰어넘을 기분이다. 나는 어느 높이라도 공중 부양을 할 것이다.

우리 앞에 커다란 기타 하나가 나타났다. 교문 앞에 승합차 한 대가 세워져 있었다. 그 승합차에 붉은색의 커다란 기타가 그려져 있었다. '오로라 악기'라는 글자와 함께.

승합차에서 한 남자가 내렸다. 청바지에 가죽점퍼를 멋스럽게 걸쳐 입은 남자였다.

"을오야."

그가 반가운 얼굴로 을오를 불렀다.

"황민 아저씨야."

을오가 나에게 말했다.

을오는 며칠 전에 오로라 악기점에서 그를 만났다고 했다. 그는 악기점의 사장이었다.

"거래처에 있는 음악인들을 만나게 해 주겠대. 같이 갈래?"

을오가 말했다.

나는 잠시 망설였다. 낯선 사람들을 만나는 일이 내키지 않았다. 하지만 승합차에 그려진 붉은색 기타가 마음을 끌었다. 그 기타가 터뜨릴 음악이 궁금했다.

그 기타 위에서 공중 부양을 해 볼까.

나의 몽상은 또 꿈틀거렸다.

나는 을오의 손을 잡았다. 그리고 붉은색 기타를 향해 걸어갔다. 우리는 승합차에 올라탔다.

승합차가 도로 위를 달렸다. 황민은 우리와 마주 앉아 있었다. 황민의 동생인 황호가 운전을 했다.

"너희들 황후영 모르지? 왕년에 잘나갔던 기타리스트인데, 우리 아버지야. 몇 해 전에 돌아가셨지."

황호가 말했다.

"나는 음악 하는 아버지가 싫었는데, 우리 형은 아버지 밑에서 기타를 배웠지. 한때 록 밴드에서 베이스도 쳤어. 그 사람이 바로 황민이야."

"그만해."

황민이 황호에게 눈치를 주었다.

"무슨 록 밴드인데요?"

을오가 호기심 어린 눈으로 물었다.

"아니야. 지금은 다 사라져서 이름도 없어."

황민이 쓸쓸한 얼굴로 창밖을 바라보았다. 그의 얼굴에 불긋한 햇살이 비쳤다.

나는 승합차에 그려진 붉은색 기타를 떠올렸다. 그 기타에서 붉은색 음표들이 떨어져 내리는 것 같았다. 황민의 얼굴 위로.

"나는 그냥 한때 기타를 쳤어. 지금은 포기한 지 오래되었어. 그런데 너를 만났을 때 가슴이 뛰더라."

황민이 을오를 바라보며 말했다.

승합차가 가볍게 달렸다. 붉은색 커다란 기타가 움직이고 있었다. 나는 을오와 함께 그 악기를 따라갔다. 우리의 머리 위에선 어떤 음악이 흘렀다.

종로의 한 거리로 승합차가 들어갔다. 거리에는 여러 악기 상점이 있었다. 지하 주차장에 승합차를 대고 2층으로 올라갔다. 그곳에 오로라 악기점이 있었다.

벽에는 수많은 기타가 걸려 있었다. 조명을 받아서 기타들은 멋진 빛을 뿜어냈다.

"오늘 보여 줄 기타는 이거야."

황민이 기타 한 대를 들어 올렸다.

"사이어 마커스 밀러 V7."

흰색의 영롱한 빛을 띠는 기타였다.

"마커스 밀러. 세계적으로 유명한 기타리스트지. 그래미 어워드에서 최우수상을 두 번이나 받았어. 엄청난 베이시스트야. 펑키하고 절제미가 있는 그루브가 특징이지."

황민이 약간 들뜬 얼굴로 말했다. 을오는 고개를 끄덕였다.

"마커스 밀러가 한국 기타 브랜드와 협업해서 만든 게 이 기타야."

나도 고개를 끄덕였다.

"이 기타를 전달해 줘. 주기현에게."

"주기현이요?"

을오가 되물었다.

"주기현 알아? 그 사람이 작곡한 유명한 곡이 몇 개 있는데."

을오는 아무 대답을 하지 않았다.

"강남에 작업실이 있어. 그곳으로 이 기타를 가져다주면 돼. 내가 잘 말해 두었어. 작곡가 지망생 아이 하나가 갈 테니 좋은 얘기 좀 해 달라고. 가 보면 도움이 될 거야."

"감사합니다."

을오가 덥석 인사를 했다.

황호가 다가와 황민에게 귓속말을 했다.

"거기. V7 한 대 더 보내야겠어. 여자 친구가 같이 가면 되겠는걸."

황민이 나를 바라보았다. 나는 가만히 있었다.

"자, 너희들에게 줄 게 있지."

황민은 구석에 있는 창고로 들어가더니 작은 상자 두 개를 들고 나왔다. 상자 속에는 헤드폰이 들어 있었다. 유명 브랜드에서 만든 비싼 헤드폰이었다.

"선물이야. 한번 써 봐."

황민이 기분 좋은 표정으로 말했다.

나와 을오는 망설이다가 헤드폰을 하나씩 집어 들었다. 핸드폰에 블루투스를 연결한 뒤 헤드폰을 머리에 썼다. 음악 앱을 켜고 노래를 들어 보았다. 소리가 아주 풍부하게 들렸다.

황민이 5만 원짜리 지폐 두 장을 우리에게 내밀었다.

"심부름을 공짜로 시킬 순 없지. 강남까지 가려면 차비도 들고 배도 고플 테니까."

을오가 머뭇거렸다.

"감사합니다."

나는 지폐를 받아 들었다.

"자, 강남V7에게 가는 거다."

황민은 주기현을 '강남V7'이라고 불렀다. 그리고 작업실 주소를 알려 주었다.

악기점 근처에 있는 전철역으로 들어갔다. 사물함에 가방을 넣은 뒤 기타가 들어 있는 폼케이스를 등에 멨다. 헤드폰을 머리에 쓰고 서로를 바라보았다.

"우주인 같아."

"음악을 하는 우주인."

우리는 키득거렸다.

나는 어떤 우주를 상상했다. 을오와 함께 떠다니는 우주였다. 기타가 엔진처럼 우리의 등에 붙어 있었다. 이 우주는 음악의 지평선이 아닐까. 강한 음악이 태어나는 곳!

전철을 타고 강남으로 갔다. 논현역에서 내려 황민이 알려 준 주소로 갔다. 한적한 골목에 주기현의 작업실이 있었다. 계단을 내려가 지하로 갔다. 벨을 누르자 한 남자가 문을 열었다.

주기현이라는 사람은 머리를 넘겨 하나로 묶었고 두꺼운

뿔테 안경을 썼다. 셔츠와 통이 넓은 바지를 입었고 목에는 스카프를 걸쳤다. 손님을 맞이하기 위해 차려입은 모습이었다.

"어서 와."

그가 안으로 들어갔다. 우리는 그를 따라서 들어갔다. 작업실에는 건반과 녹음 장비가 있었다. 커다란 스피커와 여러 악기도 있었다.

우리는 등에 메고 있던 기타를 바닥에 내려놓았다. 그가 그것을 들어 한쪽에 세워 놓았다.

"악기가 정말 많네요."

나는 주위를 둘러보며 말했다.

"다 작곡에 필요한 것들이지."

그가 악기들 앞에서 팔짱을 꼈다.

"너니? 작곡을 공부한다는 애가?"

그가 을오를 바라보았다.

"네."

을오가 대답했다.

"작곡에서 가장 중요한 게 뭔지 아니?"

그가 물었다. 을오는 긴장한 듯 두 눈을 끔벅거렸다.

그는 미소를 지으며 건반으로 다가갔다. 그러더니 건반을 경쾌하게 치기 시작했다.

"여러 악기를 다룰 줄 알아야 해. 그래야 악기들의 음역대와 음색을 알 수 있어. 작곡엔 그게 필요해."

그는 건반에서 손을 떼고 기타 한 대를 들어 올렸다. 그러더니 거칠게 연주를 했다. 곧 기타를 내려놓더니 트럼펫을 들고 뻑 소리 나게 불었다.

"이건 어때?"

그는 작은 우쿨렐레를 치면서 몸을 흔들었다.

을오는 얼어붙은 채 두 눈을 크게 떴다. 나도 두 눈을 크게 떴다. 마치 그는 술에 취한 사람 같았다. 술에 취해서 악기들을 마구 다루는 사람 같았다.

"야, 이런 거 다 필요 없어. 세상에 얼마나 많은 악기가 있는 줄 아니? 그중에 딱 하나만 있으면 돼. 가장 뛰어난 악기. 그게 뭔 줄 아니? 너야. 네가 꺼낼 상상력이야."

'오!'

나는 속으로 감탄했다.

플라스틱과 금속의 딱딱한 악기만을 말하던 그가 새로운 감촉의 악기를 말해 준 것이다. 그것은 을오였다. 을오가 꺼낼 상상력이었다.

"됐지? 이제 가라. 가서 상상력을 마음껏 꺼내라. 그리고 다음엔 곡 하나 써 와."

그가 따뜻한 얼굴로 말했다. 을오는 두 눈에 빛이 가득 차올랐다.

"저는 작사가가 되려고 하는데요. 작사를 하는 데에도 악기가 필요할까요?"

나는 서둘러 물었다.

"필요하지."

"뭔가요?"

"너에게 필요한 악기는 시다."

"시요?"

나에게 필요한 악기는 시다.
교실 창가에 서서 랭보의 시를 읽었다.

꽃의 거품들은 내 출항을 가만히 흔들어 주었고
이루 말할 수 없는 바람이 가끔 나에게 날개를 달아 주었다.●

● 시 「취한 배」 부분. 시집 『지옥에서 보낸 한철』, 민음사, 2016.

나는 가볍게 공중 부양을 했다.

부드러운 공중이다. 움직이는 공중이다. 내 발바닥은 물결 위에 있다. 나의 출항이다. 나의 꿈은 전진한다.

하교 시간이 되었다. 나는 을오와 함께 같은 헤드폰을 쓰고 걸어갔다. 우리는 항상 헤드폰을 쓰고 다녔다. 그것이 우리의 멋이었다. 아이들이 수군거렸지만 신경 쓰지 않았다.

교문을 나가 모퉁이를 돌자 승합차가 서 있었다. 붉은색 기타가 빛을 내며 우리 앞에 있었다.

승합차에서 황민이 내렸다.

"배고프지? 먹을 것 좀 사 올게."

황민은 길 건너 편의점으로 갔다. 나는 을오와 함께 승합차에 탔다.

"형이 너를 보면 아들 생각이 나나 봐. 헤어져서 사는 아들이 하나 있거든. 외국에."

황호가 을오를 흘깃 바라보며 말했다. 을오는 두 눈을 끔벅거렸다.

곧 황민이 승합차에 탔다. 들고 온 비닐봉지에는 음료수와 빵이 들어 있었다. 나와 을오는 음료수를 하나씩 집어 들었다.

"오늘 갈 곳은 강남V11이야."

황민이 주소가 적힌 쪽지를 주었다. 그의 옆자리에는 기타 한 대가 놓여 있었다.

"벤티볼리오 엘비스 프레슬리 시그니처야."

황민이 기타가 들어 있는 폼케이스를 툭툭 쳤다.

가까운 전철역 앞에 승합차가 섰다. 황민은 남아 있던 빵과 함께 종이봉투를 을오의 가방에 넣어 주었다. 나와 을오는 기타를 들고 승합차에서 내렸다.

"오늘도 잘 부탁한다. 아, 거기는 음악 학원이야. 원장을 찾으면 돼."

황민이 우리에게 손을 흔들었다. 눈앞에서 승합차가 천천히 모퉁이를 돌아갔다. 붉은색 기타가 오후의 빛 속으로 사라졌다.

전철역으로 들어가 사물함 앞에 섰다. 을오가 가방에서 종이봉투를 꺼냈다. 그 속엔 5만 원짜리 지폐 두 장이 들어 있었다. 우리는 한 장씩 나누어 가졌다.

"와! 공돈이 생긴 기분이야. 기타를 나르는 건 일도 아니지. 그리고 음악인을 만나는 것도 좋아. 나에게 자극을 주거든. 너는?"

나는 을오를 바라보았다.

"나도."

을오가 미소를 지었다.

강남역에서 내려 번화한 거리를 걸었다. 주소지에 있는 음악 학원은 꽤 멀었다.

"우리 상자B 들을까?"

"좋아. '달팽이' 어때? 연속해서 듣자."

우리는 음악 앱을 켜고 노래를 재생시켰다. 같은 노래를 들으며 같은 리듬으로 걸어갔다. 봄바람에 꽃향기가 팽창했다. 발끝에서 작고 가벼운 꽃잎들이 튀어 올랐다.

우리는 꽃길을 기어가는 달팽이 같다. 얇고 투명한 껍질이 한없이 반짝인다.

음악 학원에 거의 다다랐을 때였다. 황민에게서 전화가 왔다. 음악 학원 말고 다른 곳으로 가라고 했다. 곧 문자로 새 주소가 왔다. 우리는 버스를 타고 그곳을 찾아갔다.

오피스텔의 한 호실에서 남자가 문을 열었다. 티셔츠에 잠옷 바지를 입은 그는 피곤한 얼굴이었다.

"기타를 줘."

남자가 손을 내밀었다. 을오는 그에게 기타를 건넸다. 우리는 잠시 어정쩡한 얼굴로 서 있었다.

"잠깐 들어올래?"

남자가 안으로 들어갔다. 우리는 따라서 들어갔다.

실내는 어둑했다. 창문마다 암막 커튼이 쳐져 있고 책상과 소파와 간이침대가 있었다.

"몸이 안 좋아서 오늘은 학원 문을 열지 못했어."

남자가 간이침대에 걸터앉았다.

"음악을 한다고?"

남자가 을오를 바라보았다.

"작곡을 하려고 하는데요."

을오가 말했다.

"야, 그 돈도 안 되는 걸 왜 하려고 하냐?"

"네?"

을오는 당황했다.

"작곡해서 먹고살기 힘들어. 가난하게 살 자신 있어?"

남자가 까칠한 눈빛으로 을오를 바라보았다. 을오는 얼굴이 굳어 버렸다.

'가난하게 살 자신 있냐니!'

나는 어이가 없었다. 그리고 화가 났다.

'저는 지금 가난하게 살고 있는데요, 왜요?'

이 말이 입 밖으로 튀어나오려고 했다.

"악기 레슨은?"

남자가 물었다.

"안 하는데요."

을오는 작게 대답했다.

"예고 준비하는 거 아니었어?"

"저는 그냥 작곡이 좋아서……."

"야, 좋아서 하는 게 다 돈이 된다면 얼마나 좋겠냐?"

남자가 나무라듯이 말했다. 을오는 땀이 난 듯 손바닥을 바지에 문질렀다.

"우리 학원에 와서 배울래?"

남자가 물었다.

"학교에서 좀 멀어서……."

을오는 중얼거렸다.

"학원비가 얼만데요?"

나는 남자에게 물었다.

"한 달에 오십인데, 할인해 줄 수 있어."

"아니오."

을오가 바로 대답했다.

"저도 아니오."

나도 대답했다.

"너도 음악해?"

남자가 나를 바라보았다.

"저는 리을하는데요."

"그게 뭔데?"

"말해도 모르실 거예요. 그건 돈하고는 아무 상관도 없는 거라서요."

"뭐?"

"리을리을."

나는 남자에게서 팽 돌아섰다. 그리고 을오의 팔을 잡아당겨 밖으로 나갔다.

오피스텔을 나와 거리를 걸었다.

"순 돈 이야기야."

나는 화가 나서 투덜거렸다.

"너 아까 욕한 거지? 리을리을."

을오가 웃으며 나를 바라보았다.

"저주를 퍼부었어. 돈에 코 박고 숨도 못 쉬고 살라고."

"나도 리을리을."

우리는 학교 앞까지 가는 버스를 탔다. 자리에 나란히 앉아 창밖을 바라보았다. 헤드폰을 쓰고 있었지만 노래가 귀에 잘 들어오지 않았다.

버스가 길을 한참 돌아서 갔다. 창밖이 점점 어두워졌다. 학교 앞에 내렸을 때는 밤이 되어 있었다.

배가 고팠다. 을오의 가방에는 빵이 들어 있었다. 우리는 그것을 먹기로 했다. 근처에 있는 공원으로 들어갔다. 연못 앞 벤치에 앉아 빵을 먹었다.

"사실 나는 가난을 몰라. 처음부터 가진 게 하나도 없었으니까. 그런데 겨우 꿈 하나를 가졌더니 사람들이 가난을 말해. 가난한데 뭐가 되겠어? 이러는 거야."

을오가 어두운 얼굴로 말했다.

"나에게도 사람들이 그걸 말해. 눈빛으로 말이야. 흙수저라고. 흙수저 주제에 어쩔 거냐고."

나는 씁쓸한 표정을 지었다.

연못의 물이 검고 우울하게 보였다. 어느 순간 물 위에 달이 비쳤다. 얇은 조각달이었다. 나는 가만히 그 달을 바라보았다.

어둠을 걷어 내는 한 조각의 밝음. 우울을 밀어내는 한 줄기의 맑음. 아! 저 달은 나의 리을이다. 물 위에 비치는 나의 문자다.

"우리는 달에 코 박고 살자."

나는 을오에게 말했다.

"달에?"

을오가 나를 바라보았다.

"돈 말고 달에!"

나는 연못에 비친 달을 가리켰다.

바람이 불었다. 연못에 달물결이 일렁였다.

나의 문자는 움직인다. 아름다운 것들을 향해!

"우리는 달물결을 쓰자. 돈 이야기 하는 사람들 입틀막고!."

나는 크게 말했다. 을오가 가만히 고개를 끄덕였다.

"우리는 돈이 안 되는 것도 쓰자, 리을."

나는 아주 강한 주문을 외웠다.

바다

바다를 상상하면 라일락이 펴, 파도와 라일락이 펴
오오, <로맨스>

    나는 우스꽝스런 그림들, 문의 위 장식, 무대배경, 어릿광대의 그림, 간판, 대중적인 채색 삽화를 좋아했고, 유행에 뒤처진 문학, 교회 라틴어, 철자 없는 외설 서적, 우리 조부의 소설들, 선경(仙境) 이야기, 유년 시절의 작은 책들, 낡은 오페라, 하찮은 후렴, 우직한 리듬을 좋아했다. •

    그리고 나는 나의 리을을 좋아했다. 리을의 리듬을 좋아

• 시 「착란 Ⅱ : 언어의 연금술」 부분. 시집 『지옥에서 보낸 한철』, 민음사, 2016.

했다.

교실 창가에서 랭보의 시를 읽었다. 나의 문장을 덧대어 읽었다. 나는 공중 부양을 했다.

아! 하찮아도 좋고, 낡아도 좋고, 우스꽝스러워도 좋은 나의 공중 부양이다.

점심시간에 을오와 단풍나무 숲으로 갔다. 을오가 주머니에서 돌돌 만 악보를 꺼냈다. 악보는 색실로 예쁘게 묶여 있었다.

"곡을 완성했어."

을오가 쑥스러운 얼굴로 그것을 나에게 건넸다. 나는 살며시 색실을 풀었다. 악보는 세 장이나 되었다. 첫 장에 '바다'라고 쓰여 있었다.

"제목이 바다구나."

"리을이 출렁이는 바다야."

와! 리을이 출렁이는 바다라니! 을오는 리을의 리듬을 탄생시킨 것이다. 귓가에서 파도 소리가 크게 일었다.

나는 음표들을 훑어보며 바다를 상상했다. 어디선가 꽃향기가 진하게 났다.

'바다를 상상하면 라일락이 펴, 파도와 라일락이 펴.'
나는 떠오르는 가사 한 줄을 속으로 읊었다.

황민이 학교 앞으로 왔다. 기타 한 대가 우리 앞에 놓였다. 우리는 즐겁지 않았다. 돈이나 밝히는 음악인을 또 만날까 봐 걱정이 되었다.

오늘 기타를 전달할 곳은 마곡V1이었다. 주소를 보니 학교에서 그리 멀지 않았다. 우리는 기타를 받아 들었다. 그리고 걸어서 그곳으로 갔다.

작은 마당이 있는 가정집이었다. 담장 아래에 붉은 꽃들이 피어 있었다. 저녁 햇살이 담장 위에 내려앉고 있었다.

현관문을 열고 한 여자가 나왔다. 긴 머리에 검은 원피스를 입은 여자였다. 나는 입이 벌어졌다. 을오는 얼어붙고 말았다. 화장이 지워진 그 얼굴을 우리는 단번에 알아보았다. 여자는 매직기타의 가수였다.

"무겁지 않니?"

여자가 을오에게 말을 걸었다. 을오는 등에 메고 있던 기타를 현관 안쪽에 내려놓았다.

"너희들 중학생이니?"

여자가 물었다. 우리는 고개를 끄덕였다.

"얘들아, 저녁 먹고 가."

여자가 들어오라고 손짓했다. 그러고는 급하게 안으로 들어갔다. 안에서는 김치찌개 냄새가 새어 나왔다.

을오는 가만히 서 있었다.

아! 이 아이는 엄마의 집에 와 있다. 엄마가 차린 밥상을 앞에 두고 있다. 꿈에 그리던 집과 밥이 아닐까. 하지만 이 아이는 얼어 있다.

나는 조심스럽게 을오의 팔을 잡아당겼다. 엄마 쪽으로 살짝 끌었다. 우리는 안으로 들어갔다.

"오늘따라 밥을 많이 했지 뭐야."

여자가 밥을 퍼서 우리 앞에 놔 주었다. 식탁에는 김치찌개와 밑반찬들이 놓여 있었다.

"어서 먹어."

여자가 우리의 맞은편에 앉았다. 여자 앞에는 와인이 든 잔이 있었다.

"나는 이게 밥이란다."

여자가 잔을 들어 올리며 미소를 지었다.

나는 먼저 수저를 들었다. 계란말이부터 집어서 먹었다.

"안에 치즈를 넣었는데 어때?"

여자가 물었다.

"아주 맛있어요."

나는 밝은 목소리로 말했다.

을오는 숟가락을 든 채 가만히 있었다. 나는 을오의 밥 위에 계란말이 하나를 얹어 주었다.

"너희 둘이 사귀니?"

여자가 웃으며 물었다.

"네."

나는 대답했다.

을오는 천천히 밥을 먹었다. 맛도 모르고 먹는 것 같았다. 여자가 을오를 바라보았다.

"얘는 을오예요. 이름에 리을이 있어요."

나는 여자에게 말했다.

"리을?"

여자가 궁금한 표정을 지었다.

"저는 리을에 빠져 있는데요, 저의 첫 리을은 랭보예요."

"랭보?"

"랭보의 시집을 좋아해요."

"와! 중학생이 랭보의 시집을 읽는다고?"

"861-ㄹ326지. 이건 도서관에 있는 랭보 시집의 기호예요."

"와! 너 문학소녀구나. 나는 고등학생 때 잠깐 문학소녀였지. 소설을 쓰려고 했단다."

여자가 다시 을오를 바라보았다.

"얜 작곡을 해요."

나는 얼른 말했다. 을오가 나에게 불편한 표정을 지어 보였다.

"와! 작곡? 멋진데!"

여자가 뚫어지게 을오를 바라보았다. 을오는 여자의 시선을 피했다.

어느새 나는 밥 한 그릇을 다 먹었다.

"아이스크림 먹을래?"

여자가 냉동실에서 아이스크림 통을 꺼냈다. 그리고 세 개의 유리잔에 아이스크림을 담았다.

나는 을오의 옆구리를 건드렸다. 여자에게 말을 걸어 보라고 눈치를 주었다. 하지만 을오는 가만히 있었다.

"매직기타 가수, 맞죠?"

나는 여자에게 물었다.

"어?"

여자는 놀란 듯 눈을 크게 떴다.

"저희는 홍대 거리에서 공연을 본 적 있어요."

나는 여자에게 미소를 지었다.

"그랬구나. 나의 관객을 이렇게 만나다니."

여자는 반가우면서도 당황한 얼굴이었다.

"언제부터 노래를 하신 거예요?"

을오가 물었다.

"스무 살 때부터."

여자가 대답했다.

"그런데 어떻게 마술사가 가수로 변하는 거예요?"

나는 궁금했던 것을 물었다.

"아, 그건 영업 기밀이란다."

여자가 살짝 미소를 지었다. 나는 가만히 고개를 끄덕였다.

"마술사의 방이 있어. 그건 보여 줄 수 있지."

여자가 방 하나를 가리켰다.

"구경해도 돼요?"

을오가 물었다.

"구경하렴. 그런데 조심해. 마술사가 튀어나올지 모르니까."

여자가 아이스크림을 입에 넣고 웃었다.

우리는 마술사의 방으로 들어갔다. 방 안에는 마술에 쓰는 소품들이 가득 놓여 있었다. 중절모와 반짝이는 의상들도 벽에 걸려 있었다.

우리는 신비함 속에 서 있었다. 분홍색 보자기 속에서 가수를 꺼내는 마술, 엄마를 꺼내는 마술. 그 마술의 재료들에 둘러싸여 있었다.

을오가 소품들을 하나하나 만져 보기 시작했다. 나는 슬며시 밖으로 나갔다.

여자가 거실 창가에 서 있었다. 여자 옆에는 피아노가 있었다. 나는 가방에서 을오의 악보를 꺼냈다. 그것을 들고 여자에게 다가갔다.

"이거 을오가 작곡한 곡인데요. 연주해 주실 수 있나요?"

나는 작은 소리로 물었다. 여자는 악보를 살펴보더니 고개를 끄덕였다.

나는 다시 방으로 들어왔다. 을오는 트럼프카드를 들여다보고 있었다. 트럼프카드는 여러 종류가 있었는데 을오는 그중에 가장 낡은 상자를 집어 들었다.

엄마의 흔적을 찾는 걸까. 엄마와의 퍼즐을 맞추려는 걸까.

나는 을오가 간직해 온 트럼프카드 한 장을 떠올렸다. 그때였다. 거실에서 피아노 소리가 났다.

여자가 을오의 곡을 연주하고 있었다. 피아노 선율이 잔잔하게 방 안으로 밀려들었다. 을오는 가만히 서서 그 곡을 들었다. 나도 가만히 그 곡을 들었다.

푸른 바다 앞에 엄마가 서 있는 듯한 느낌, 부드러운 물결과 함께 엄마의 미소가 번지는 느낌, 엄마가 두 팔을 벌려 아이를 부르는 듯한 느낌. 그리고 햇빛과 파도 소리.

마술사의 방에서 듣는 '바다'는 그런 곡이었다.

을오의 어깨가 가늘게 떨리기 시작했다. 나는 을오의 손을 잡았다.

단풍나무 숲으로 갔다.

"악보를 챙기지 못했어."

나는 을오에게 말했다. 어제 매직기타의 가수 집에 바다 악보를 놓고 오고 말았다.

"찾으러 갈까?"

나는 조심스럽게 물었다.

"나를 좋아할까?"

을오가 나를 바라보았다. 나는 머뭇거리다가 말했다.

"좋아하지. 음악 하는 사람이잖아!"
"내가 갑자기 나타난 아들이어도?"
을오가 다시 나를 바라보았다. 나는 아무 말도 못 했다.
숲에는 바람이 없었다. 나무들은 고요하기만 했다.
"오오 어때?"
나는 밝은 얼굴로 물었다.
"오오?"
"오율에서 오, 을오에서 오. 둘을 붙여서 오오. 내가 가사를 쓰고 그 가사에 네가 곡을 붙이는 거야. 그래서 오오 작사 작곡."
을오가 작게 미소를 지었다.
"우리 다음에 오오밴드를 만들자. 그래서 우리의 노래를 세상에 마음껏 내놓자."
우리는 함께 고개를 끄덕였다. 나무 두 그루가 바람 없이도 흔들렸다.

한밤중에 잠이 깼다. 비바람에 창문이 흔들리고 있었다. 나는 몸을 일으키고 앉았다. 비바람은 멎을 기미가 보이지 않았다. 머리맡에 있는 랭보의 시집을 집어 들었다. 어둠 속에서 아무 페이지나 펼쳤다. 핸드폰의 손전등을 비추고 시를 읽었다.

나는 마침내 나의 정신 속에서 인간적 희망을 온통 사라지게 만들었다. 인간적 희망의 목을 조르는 완전한 기쁨에 겨워, 나는 사나운 짐승처럼 음험하게 날뛰었다.•

시는 어두웠다. 갑자기 방 안이 싸늘해졌다.

며칠 뒤 황민이 학교 앞으로 왔다. 평택V9. 기타를 전달할 곳이었다. 그곳엔 젊은 보컬리스트가 있다고 했다.
우리는 전철을 타고 평택역으로 향했다. 신도림역에서 1호선으로 갈아타고 한참을 가야 했다. 평택은 아주 낯선 곳으로 느껴졌다.
"평택엔 바다가 있지 않나?"
"아, 평택항이 있어. 항구 말이야."
"나는 항구에 한 번도 가 본 적이 없는데."
"나도."

• 시 「지옥에서 보낸 한철」 부분. 시집 『지옥에서 보낸 한철』, 민음사, 2016.

"배가 많을까?"

"출항하는 배들이 있을 거야. 우리 그 배들을 보고 오자."

우리는 어떤 배들을 떠올렸다. 항해의 첫 물결 위에서 잔잔히 떨리는 배들. 그것은 어떤 음악 이야기일 것이다.

평택역에서 내려 한참을 걸었다. 주소지를 찾아 한 골목으로 들어갔다. 눈앞에 컨테이너가 한 채 나타났다. 주위에는 건설 자재가 쌓여 있었다. 길을 잘못 들어선 것 같았다. 그때 을오 핸드폰으로 문자가 왔다.

'교복 둘. 앞에 있는 컨테이너에 기타를 넣어 둬.'

모르는 사람에게서 온 문자였다. 누군가 우리를 지켜보고 있었다. 나는 주위를 둘러보았다. 하지만 사람이 있을 만한 곳이 보이지 않았다.

나는 을오와 함께 컨테이너로 다가갔다. 을오가 컨테이너 문을 조금 열었다. 안은 어두컴컴했다.

"누구 있어요?"

나는 큰 소리로 물었다. 안에선 아무 대답이 없었다. 을오가 문을 더 열었다. 바닥에 CD 음반이 흩어져 있는 게 보였다. 을오가 문자에 찍힌 번호로 전화를 걸었다. 그러자 안에서 진동이 울렸다. 그리고 짧게 욕이 들렸다.

"거기 놓으라고."

어둠 속에서 한 남자가 소리쳤다. 을오는 기타를 바닥에 내려놓았다.

"황민 아저씨가 보내서 왔는데요?"

나는 말을 걸었다.

"황민?"

남자가 잠시 가만히 있었다.

"황민 모르세요?"

나는 어둠 속에 대고 물었다.

남자가 일어서더니 문 쪽으로 걸어왔다. 발에 음반 밟히는 소리가 났다. 검은 모자를 쓴 남자가 우리 앞에 섰다. 유난히 얼굴이 하얀 남자였다.

"황민 사장 알지."

그가 기타를 들었다.

"오늘은 기타에 사탕이 붙어서 왔네."

그의 입꼬리가 살짝 올라갔다.

나는 왠지 기분이 좋지 않았다. 기타에 붙은 사탕은 우리를 말하는 것 같았다.

"황민 사장에게 전할 물건이 있어. 들어와서 가져가."

그가 턱으로 안쪽을 가리켰다.

"뭔데요?"

나는 얼른 물었다.

"음반이야. 꽤 무거워."

그가 기타를 들고 안쪽으로 들어갔다. 우리는 그를 따라 들어갔다.

"나는 기타 없이는 못 살아."

그가 폼케이스에서 기타를 꺼냈다. 그러고는 바닥에 앉았다.

"이 기타 맛은 죽이지. 너희들도 맛을 좀 볼래?"

그가 가까이 오라고 손짓했다. 우리는 기타를 보기 위해 그에게 다가갔다. 그때 그의 눈빛이 드러났다. 초점이 없었다.

"음반이 어디 있어요?"

을오가 다급하게 물었다.

"여기."

남자가 한 손에 뭔가를 집어 들었다. 그것은 음반이 아닌 작은 칼이었다. 그가 그 칼로 폼케이스 안쪽을 뜯더니 뭔가를 꺼냈다. 그때 바닥에 놓인 여러 개의 주사기가 보였다.

'헉.'

나는 가슴이 철렁 내려앉았다. 을오가 내 손을 잡았다. 우리는 뒤돌아 달아났다. 순간 남자가 일어나 나를 덮쳤다. 나는 그의 몸에 눌려 앞으로 넘어졌다.

"아악."

을오가 괴성을 지르며 그에게 달려들었다. 그가 을오를 바닥으로 내동댕이쳤다. 그사이 나는 그에게서 빠져나갔다. 그가 쓰러진 을오의 몸 위에 올라타 주먹을 휘둘렀다.

"으아악."

나는 비명을 질렀다. 그가 돌아보았다.

"경찰에 신고할 거예요."

나는 핸드폰을 들고 말했다. 그러자 그가 을오를 일으켜 등 뒤에서 팔로 목을 감았다.

"신고하면 알지?"

그가 팔에 힘을 주어 을오의 목을 졸랐다. 을오가 신음을 냈다. 나는 핸드폰을 바닥에 내려놓았다.

"왜 이러는 거예요? 음악 하는 사람이잖아요. 음악이 왜, 왜 이래요?"

"헛소리 마."

그의 눈빛은 미친 듯이 번뜩였다.

"우리를 그냥 보내 주세요."

나는 사정했다.

"중학생 하나쯤……."

그가 을오의 목을 세게 졸랐다. 을오가 두 다리를 바동거렸다.

"하지 마요."

나는 소리를 질렀다. 그가 웃었다. 웃으면서 을오의 목을 더 세게 졸랐다.

"씨발."

순간 나는 공중으로 떠올랐다. 15센티의 높이를 그는 알아채지 못했다.

"건들지 마요."

나는 공중으로 더 높이 떠올랐다. 그가 이번엔 어리둥절한 얼굴로 나를 바라보았다.

"건들지 말라고!"

나는 괴성을 지르며 아주 높이 떠올랐다. 그가 놀라 을오를 옆으로 쓰러뜨리고 일어섰다. 이때 나는 공중을 달려서 그의 머리에 앞차기를 날렸다.

쿵. 나는 바닥으로 떨어졌다. 그리고 기절했다.

누군가 내 발을 흔들었다. 나는 깨어났다. 길가의 나무 아래였다. 을오가 피투성이가 된 얼굴로 나를 바라보고 있었다. 나는 가만히 몸을 일으켰다. 상점들이 있는 거리였다. 지나가는 사람들이 우리를 힐끔거렸다.

을오가 나를 업고 달렸던 것이다. 남자가 정신을 못 차리고 있는 사이, 컨테이너를 빠져나왔던 것이다. 을오는 울면서 달린 걸까. 얼굴에 피와 눈물이 범벅되어 있었다.

을오가 나를 부축했다. 나는 을오에게 기대 일어섰다. 순간 을오가 휘청였다. 을오의 몸은 만신창이가 되어 있었다. 나는 쓰러지려는 을오의 몸을 간신히 붙들었다.

우리는 걷기 시작했다. 집은 아주 멀리 있었다. 바다는 보이지 않았다. 항구도 출항하는 배들도 볼 수 없었다. 음악 이야기를 듣겠다고 여기까지 온 우리는 짓밟혀서 으깨진 달팽이 같았다. 아주 천천히 걸었다. 온몸이 쓰라렸다. 우리는 아직 목에 헤드폰을 걸치고 있었다. 한껏 꿈과 멋을 부풀려 주던 헤드폰이었다. 지금은 꿈을 훼손당한 두 아이의 목에 올가미처럼 걸쳐져 있었다. 을오가 구역질을 했다. 길가에 등을 구부리고 서자 누런 점액이 쏟아져 나왔다. 나는 을오의 등을 감쌌다. 그리고 함께 구토를 했다.

피멍

No Pain, No Fail. 음악 없는 세상
실리카겔, <NO PAIN>

 간신히 등교를 했다. 지난밤 어느 길가에 헤드폰을 버렸다. 오늘은 귀에 아무것도 꽂지 않았다. 모든 소리가 생생하게 들렸다. 모든 소리가 비웃음과 비난 같았다.
 을오는 학교에 오지 않았다.
 터진 얼굴을 누가 봐 주고 있을까. 병원에 갔을까.
 전화를 했지만 을오는 받지 않았다.
 나는 책상에 엎드렸다. 죄책감에 앞서 배신감이 들었다. 나는 꿈에 부풀어서 기타를 날랐다. 음악인들에게 꿈의 기타를 배달해 주었다. 그러나 그 기타 속엔 이물질이 들어 있었다. 꿈이 아닌 어떤 불순물.

수업이 다 끝나가자 나는 불안해지기 시작했다.

학교 앞에 황민이 와 있을지도 모른다. 승합차에 나를 억지로 태울지 모른다. 꿈 좋아하네. 나를 비웃을 것이다. 나의 리을을 비웃을 것이다.

좋다. 나는 욕을 날릴 것이다. 어제 컨테이너 안에서 나를 공중 부양 시킨 것은 욕이었다. 무의식적으로 나온 것. 절박해서 폭발한 것. 설명이 필요 없는 것. 그것도 나의 리을이었다.

아이들 사이에 끼어서 교문을 빠져나갔다. 버스 정류장까지 땅만 보고 걸어갔다. 곧장 버스를 타고 청록센터로 갔다.

'나 센터 앞에 와 있어.'

문자를 보내자 을오가 밖으로 나왔다. 을오는 검은색 후드를 머리에 푹 뒤집어쓰고 있었다. 가까이서 보니 눈가에 피멍이 들어 있었다.

우리는 말없이 공원으로 갔다. 벤치에 한참 앉아 있었다.

"경찰에 신고하자."

내가 먼저 말을 꺼냈다.

"그치? 기타 속에 나쁜 게 들어 있었던 거야. 그걸 우리가 배달한 거야."

을오가 확인하듯 내 눈을 바라보았다.

"황민이 우리를 속인 거야."

나는 화가 치밀었다.

"전부 다 속인 걸까?"

을오가 믿고 싶지 않다는 표정을 지었다.

"우리를 가지고 논 거야. 우리의 꿈을 이용해 먹은 거라고."

나는 눈물이 나오려고 했다.

"우리 엄마 말이야. 엄마도 같은 사람일까?"

을오가 물었다. 나는 무슨 말을 해 주어야 할지 몰랐다.

"엄마는 그냥 기타를 주문한 것일 거야. 나쁜 것에 빠져들 사람이 아니야. 엄마에게 가 봐야겠어."

을오가 자리에서 일어섰다. 나는 따라서 일어섰다.

"가서 물어볼 거야. 당신의 음악은 뭔지. 우리가 배달한 게 뭔지. 황민이랑 같은 사람인지 아닌지 확인할 거야. 우리의 꿈을 가지고 논 사람인지 아닌지."

을오의 눈빛은 가늘게 흔들렸다.

"나의 엄마인지 아닌지를 내가 결정하겠어."

나는 을오의 주먹을 보고 말았다. 꼭 쥐어져 있었지만 모든 것을 놓아 버릴 듯한 주먹이었다.

매직기타의 집을 찾아갔다. 골목에 들어서자 을오의 걸음이 느려졌다. 입에선 밭은 숨이 새어 나왔다. 그때 골목 안쪽에서 피아노 소리가 났다. 집에 다가갈수록 그 소리가 커졌다.
"바다 아니야?"
나는 을오에게 물었다. 얼마 전에 매직기타의 가수가 연주해 준 그 곡 같았다.
을오가 멈추어 서서 가만히 피아노곡을 들었다. 나도 가만히 피아노곡을 들었다.
바다다. 물결을 세워 배를 띄우는 바다다. 엄마가 아이를 안고 있는 바다다. 엄마가 아이를 배에 태우고 손을 흔드는 바다다. 응원하는 바다다. 항해의 끝에서 엄마가 기다리고 있는 바다다.
내가 느끼는 이 곡을 을오도 느끼고 있을까.
나는 조심스럽게 을오를 바라보았다.
"가자."
을오가 내 팔을 잡아당겼다.
우리는 천천히 골목을 빠져나갔다.

"바다 맞지?"
"맞긴 한데, 편곡이 되었어. 내 곡에 엄마의 곡이 붙은 거야."
"엄마의 곡?"
"나는 엄마를 믿어."
을오의 눈에 한 줄기 빛이 비쳤다.
"경찰서로 가자."
을오가 앞장섰다.

두 눈이 매서운 형사 앞에서 우리는 모든 것을 털어놓았다. 손이 떨려서 앞에 놓인 물컵을 건드리지도 못했다. 을오도 무릎 위에 놓인 손이 떨리고 있었다.
경찰서를 나와서도 우리는 떨었다. 신고만 하면 금방 해결될 줄 알았는데 그게 아니었다. 물증을 잡으려면 시간이 걸린다고 했다. 형사는 황민에게서 다시 연락이 오면 알려 달라고 했다.
우리는 어두운 거리를 걸어갔다. 다리에 힘이 다 빠졌다.
어디서 공중 부양을 해야 할까. 어디서 랭보의 시를 읽어야 할까.
버스 정류장으로 갔다. 우리는 서로 다른 버스를 타고 집으로 가야 했다. 11시가 다 되어 가고 있었다. 버스 정류장엔 우리 둘뿐이었다. 나는 랭보의 시집을 펼쳤다. 시 한 줄이 눈에 들어왔다.

불꽃의 둥지 속에서의 황홀, 악몽, 잠.•

우리는 불꽃의 둥지 속에 있었다. 감각이 불꽃처럼 타오르는 곳에 있었다. 곧 사그라들 감각이라도 좋았다. 고통과 실패 속이어도 좋았다. 황홀 속에 있었다. 고통이 없다면, 실패가 없다면, 그곳은 음악이 없는 세상일 테니까.
그러나 지금은 악몽 속이었다. 우리에겐 앞으로 어떤 잠이 올까.

황민에게서 문자가 올까 봐 조마조마했다. 학교 앞에 승합차가 세워져 있을까 봐 불안했다. 다행히 여름 방학이 일주일 앞으로 다가와 있었다. 여름 방학이 시작되면 우리는 학교 근처에는 얼씬도 안 하기로 했다.
아무 일 없이 일주일이 지나갔다. 내일이면 방학식이었다. 오늘따라 식당에는 손님이 많았다. 나는 쉴 새 없이 설거지를 했

• 시 「지옥의 밤」 부분. 시집 『지옥에서 보낸 한철』, 민음사, 2016.

다. 식당 벽에는 대형 티브이가 걸려 있었다. 그 티브이에서 저녁 뉴스가 나왔다. 나는 씻고 있던 뚝배기를 떨어뜨리고 말았다.

티브이 화면에 황민과 황호의 얼굴이 비쳤다. 마스크를 썼지만 그들의 얼굴을 알아볼 수 있었다. '마약 사범 검거'라는 뉴스 제목이 떠 있었다. 나는 심장이 두근거렸다. 마약을 나른 중학생들이 있다는 이야기가 나올까 봐 조마조마했다.

화면에는 공연하는 가수들의 모습이 비쳤다. 모자이크 처리된 희미한 영상 속에 매직기타의 가수가 있었다. 곧 '마약 상습 투약 음악인들 입건'이라는 자막이 떴다. 나는 얼어붙고 말았다.

을오에게 오늘밤은 다 무너져 내릴 것이다. 빛 하나 없이 무너져 내릴 것이다. 세상에 있는 아름다운 마술이 다 무너져 내릴 것이다.

다음날 을오는 학교에 나오지 않았다. 오전 수업만 하고 방학식이 있었다. 나는 교문을 나서 바로 버스를 탔다. 그리고 청록센터로 갔다.

을오를 위로해 주어야 한다. 충격과 슬픔에 빠져 있을 을오에겐 나의 리을이 필요하다. 랭보의 시를 읽어 줄 것이다.

어디에서라도 공중 부양을 해 보일 것이다.

'우리 만나자.'

문자를 보냈지만 을오는 답이 없었다. 전화를 걸어도 받지 않았다.

아! 을오에겐 혼자 아파할 시간이 필요하다. 오래 잠을 잘 시간이 필요하다.

을오가 뒤집어쓰고 있을 후드를 떠올렸다.

"혼자라는 막은 한없는 슬픔 속의 아이를 구조하라, 리을."

나는 을오를 위한 주문을 외웠다.

다음날 다시 청록센터로 갔다. 을오의 핸드폰은 꺼져 있었다. 센터 안으로 들어가는 한 남자아이를 붙들었다.

"여기, 을오라는 중학생 좀 불러 줄래?"

남자아이가 눈을 동그랗게 뜨고 나를 바라보았다.

"을오 형, 가출했어요."

"뭐?"

"여기 난리 났었어요."

"무슨 일인데?"

"을오 형이랑 다른 형들이랑 싸웠어요. 다른 형들이 을오

형을 팼어요. 그날 나갔어요."

"그게 언젠데?"

"오늘 새벽이요."

오늘 새벽의 공기를 나는 알지 못한다. 오늘 새벽의 안개와 나무들도 알지 못한다. 내가 알지 못하는 시간과 공간 속으로 을오는 걸어갔나 보다.

'얼굴에 그 피멍을 하고 어디로 간 거니?'

나는 힘없이 집으로 걸어갔다. 똑바로 걷는데도 길이 자꾸 흔들렸다. 길은 어딘가에 한 아이를 묻어 버린 무덤을 가지고 있는 것 같았다.

왼쪽 가슴에 통증이 왔다. 옷을 젖히고 살펴보았다. 쇄골 아래에 피멍이 들어 있었다. 컨테이너에서 생긴 것이었다. 평택V9. 그 남자가 덮쳤을 때 가슴에 날카로운 것이 박히는 느낌이 있었다. 검붉은 피멍이 내 몸을 파먹고 있었다.

'우리는 피멍을 하고 어디로 가야 할까?'

붕괴

왜, 왜, 왜 난 따뜻한 것을 꿈으로만 꾸어야 하는가
김필선, <눈사람의 생각>

움도서관으로 갔다. 북카페에 들어가 빈백에 등을 대고 누웠다. 창밖으로 하늘을 바라보다가 눈을 감았다. 살며시 내 옆으로 다가올 아이, 을오를 기다렸다.

'816-ㄹ326지'의 위치에서도 을오를 기다렸다. 랭보의 시를 읽었다.

나는 모든 신비를 꿰뚫어 볼 작정이다. 종교적인 신비이건 자연의 신비이건, 죽음, 탄생, 미래, 과거, 우주발생론, 무(無)

를. 나는 몽환(夢幻)의 대가이다.•

 나는 공중에 떠 있다. 몽환의 대가이다. 고요히 떠 있다. 죽은 듯이 떠 있다. 다시 태어날 듯이 떠 있다. 조마조마하게 떠 있다. 그렇게 나는 살아 있다.
 을오가 영원히 사라질 것만 같다. 나는 끝을 잡고 있다. 우리는 흐늘거리는 해조류 같다. 미끄러운 바위에서 곧 떨어질 듯하다. 그러나 우리는 함께 삶이라는 바위에 악착같이 붙어 있을 것이다. 이것이 우리의 로맨스다.

 저녁 8시였다. 문헌정보실이 문을 닫는 시간이었다. 움도서관을 나가 홍대 거리를 걸었다. 을오와 같이 걸었던 한 골목으로 들어갔다. 불타서 무너진 집은 그대로 무너져 있었다. 어둠이 검은 재를 골목에 뿌리고 있었다. 어느 골목에선가 새로운 음악이 공연되고 있을 것이다. 어디일까. 나는 길을 헤맸다.
 집으로 돌아오니 밤 10시였다. 땀으로 온몸이 찐득거렸다. 방에서 속옷과 수건을 챙겨 나왔다. 욕실로 가면서 윗옷을 벗었다. 그때 안방에서 허 씨가 나왔다.

• 시 「지옥의 밤」 부분. 시집 『지옥에서 보낸 한철』, 민음사, 2016.

"악."

나는 외마디 비명을 질렀다. 얼른 다시 옷을 입었다.

"여기서 뭐 하세요?"

나는 하얗게 질린 얼굴로 물었다.

"일찍 들어왔어. 몸이 안 좋아서."

허 씨에게서 술 냄새가 풍겼다.

"엄마는요?"

"가게 문 닫고 오겠지."

평소 엄마가 집에 오는 시간은 밤 12시였다. 나는 내 방으로 도로 들어갔다. 샤워를 할 마음이 사라졌다. 욕실 밖에서 허 씨가 나의 물소리를 들을 걸 생각하니 불쾌했다.

갑자기 허 씨가 내 방문을 열려고 했다. 나는 얼른 잠금단추를 눌렀다. 허 씨가 문을 두드렸다. 나는 아무 말도 하지 않았다.

"할 말이 있어. 문 좀 열어 봐."

나는 문 앞에 가만히 서 있었다. 허 씨가 문손잡이를 돌렸다. 약한 문손잡이가 덜컹덜컹 흔들렸다.

"엄마한테 전화할 거예요."

나는 힘주어 말했다. 허 씨는 아랑곳하지 않고 문손잡이를 돌렸다. 나는 엄마에게 전화를 했다. 하지만 받지 않았다.
"아저씨랑 얘기 좀 하자."
"싫어요."
허 씨는 막무가내였다. 문손잡이가 덜컹덜컹 흔들렸다. 곧 부서질 것 같았다.

다음 날 아침이었다. 나는 일찍 눈을 떴다. 몸에서는 땀 냄새가 진동했다. 욕실에 가서 샤워를 하고 나왔다. 그때 안방에서 엄마의 웃음소리가 들렸다. 허 씨의 웃음소리도 작게 들렸다. 어젯밤에도 이랬다. 밤 12시에 집에 들어온 엄마는 씻은 뒤 바로 안방으로 들어갔다. 그리고 허 씨와 시시덕거리며 대화를 나누었다.
어젯밤에 덜컹거렸던 문손잡이가 떠올랐다.
불안하게 들렸던 그 소리는 오해였을까. 나 혼자만 너무 예민한 걸까.
집 안이 점점 더워졌다.
아침을 챙겨 먹은 뒤 집을 나섰다. 버스를 한 번 갈아타고 청록센터로 갔다.
청록센터 앞에는 커다란 나무 한 그루가 있었다. 나무 그

늘 아래에서 한참 서 있었다. 센터에서 한 남자아이가 나왔다. 그 아이에게 말을 걸었다.

"을오라는 아이 아직 안 왔니?"

"그 애 안 올 거야. 여기 오면 죽어."

그 아이가 싸늘하게 내 앞을 지나갔다.

다른 말을 해 줄 아이를 기다렸다. 하지만 아무도 나타나지 않았다.

여기 오면 죽는다니! 을오는 그동안 어떤 곳에서 살았던 걸까.

움도서관에 가서 잠을 잤다. 비어 있는 빈백이 없어서 책장 귀퉁이에 앉아서 잤다.

내 잠을 흔들어 깨워 줄 을오가 올 것이다. 나와 함께 천장의 난간을 바라볼 아이가 올 것이다. 얼굴에서 피멍을 지우고 올 것이다. 새로운 음표들을 안고 올 것이다.

그러나 나의 잠은 길어지기만 했다.

저녁이 되어 집으로 갔다. 엄마가 주방에서 밥을 하고 있었다. 나는 어리둥절한 얼굴로 엄마를 바라보았다. 엄마는 식당을 정리했다고 했다.

"새 가게를 계약했어. 재래시장 안에 급하게 내놓은 설렁탕집이 있더라. 싸게 얻었어. 이 집도 뺐어. 이달 말까지만 살 거야."

"그럼 어디서 살아?"

"조금 큰 집을 구했어. 대출금을 더해서."

"설마 아저씨 아들이랑 같이 사는 거 아니지?"

"아유, 눈 딱 감고 살아."

엄마가 수도를 틀고 그릇을 소리 나게 씻었다.

나는 방으로 들어왔다. 눈 딱 감고 살라니! 그건 조용히 없는 듯 살라는 명령이었다. 나의 존재가 영원히 베란다에 갇히는 느낌이었다. 나는 랭보의 시집을 펼쳐 들었다.

공중 부양을 할 것이다. 그것으로써 대항할 것이다.

그러나 두 발이 떠오르지 않았다. 다시 시집을 펼쳤다.

"눈을 부릅뜨고 시를 읽을 것이다, 리을."

나는 나의 존재를 위한 주문을 외웠다.

사흘이 조용히 흘러갔다. 허 씨는 누나의 집에서 한동안 쉰다고 했다. 그동안 엄마는 새집에 들일 가구들을 인터넷으로 알아보고 있었다.

엄마 입에서 욕이 터져 나온 것은 다음 날 아침이었다. 밤 사이에 엄마의 은행 계좌에서 엉뚱한 계좌로 돈이 다 빠져나갔다. 허 씨의 짓이었다. 허 씨에겐 연락이 되지 않았다. 그의 전화번호는 이미 없는 번호가 되어 있었다. 은행에선 별다른 조치를 취해 주지 않았다.

"새 식당이랑 새집을 계약했다며?"

나는 상황이 이해되지 않아서 물었다.

"계약금은 얼마 안 돼. 잔금이 모두 통장에 들어 있었단 말이야."

엄마는 허 씨의 누나라는 사람에게 전화를 걸었다. 그 여자는 허 씨가 이미 한국을 떴다고 말했다. 어린 아들을 데리고 베트남으로 갔다고 했다.

"베트남?"

엄마는 전화를 끊고 헛웃음을 지었다.

"거기 가서 사업할 거라고 노래를 부르더니."

엄마는 욕을 퍼부으며 허 씨가 쓰던 컴퓨터와 테이블을 부숴 버렸다.

그날 밤부터 엄마는 앓아 누웠다. 밥도 먹지 않고 어떤 말도 하지 않았다.

장마가 시작되고 있었다. 빗소리에 갇혀서 집 안은 점점 어두워졌다. 구석구석이 눅눅해졌다. 곧 곰팡이가 무섭게 피어날 것이다.

한밤중이었다. 빗소리에 잠에서 깼다. 안방에서 엄마가 소리를 지르고 있었다. 나는 놀라 방을 나갔다. 엄마가 누군가와 통화를 하면서 싸우고 있었다. 다가가 들어 보니 허 씨였다. 엄마는 울음을 크게 터뜨렸다.

비가 한바탕 쏟아지다가 서서히 그쳤다. 허 씨가 엄마를 달랜 것일까. 엄마의 울음소리가 잦아들었다.

새벽에 다시 잠이 깼다. 밖에서 엄마가 짐을 싸는 소리가 들렸다. 창밖은 서서히 밝아 오고 있었다.

나는 다 듣고 있었다. 엄마가 떠나는 소리를.

방을 나가야 한다. 어디 가? 가지 마. 엄마를 붙들고 울어야 한다. 하지만 내 눈물은 소용없을 것이다. 엄마는 나를 뿌리치고 집을 나갈 것이다. 순간 이 집은 거대한 베란다가 될 것이다. 엄마가 나를 가두었던 그 베란다.

나는 귀에 이어폰을 꽂고 케이팝을 크게 들었다. 몰래 집을 나가는 엄마의 소리를 듣고 싶지 않았다. 그러나 턱, 하고 현관문 닫히는 소리가 들렸다.

엄마는 무거운 짐 가방을 들고 반지하 계단을 올라갔을 것이다. 한 번 뒤를 돌아보았을까.

나는 얇은 후드 셔츠를 걸치고 밖으로 나갔다. 현관에 있는 슬리퍼를 허둥지둥 신은 채였다.

길에 안개가 부옇게 덮여 있었다. 엄마는 급하게 걸어갔다. 집 근처에 있는 버스 정류장을 지나 다른 버스 정류장으로 가고 있었다. 그곳에선 인천국제공항으로 가는 버스가 섰다.

나는 후드를 푹 뒤집어쓰고 엄마를 따라갔다. 안개 속에 모습을 감추며 기어코 따라갔다.

붙잡을 생각이 없다. 나를 버리는 것이냐, 따질 생각도 없다. 안개 속에서 잠깐 같이 걸을 뿐이다. 그리고 떠나보낼 것이다. 아주 멀리 떠나보낼 것이다.

"나는 결코 버려질 수 없는 발바닥의 감각을 가질 것이다, 리을."

나는 주문을 외웠다. 순간 두 발이 공중으로 떠올랐다. 점점 높이 공중 부양을 했다. 발에 닿아 입간판 하나가 쓰러졌다. 하지만 엄마는 뒤를 돌아보지 않았다.

나는 공중을 걸어갔다. 엄마가 멀리 가도록 주문을 외울 것이다. 엄마와의 이별을 위해 주문을 외울 것이다. 하지만 아무것도 떠오르지 않았다.

나는 마지막으로 엄마를 부르는 대신에 가장 짧은 주문을 외웠다.

"리을."

안개 속에서 엄마가 사라졌다. 나는 공중에 가만히 떠 있었다. 눈앞에서 무언가가 와르르 무너져 내렸다. 겨우 기대고 있던 무언가. 조금은 따뜻했던 무언가. 안개 속에서 그것이 계속 무너져 내렸다.

공중잠자기

울어도 돼 부숴도 돼 싸워도 괜찮아 죽지는 마
9와 숫자들, <죽지는 마>

나는 공중에 떠서 잠을 잔다. 두 다리를 뻗고 공중에 길게 누워 있다. 나의 작은 방엔 달빛이 든다. 달빛 속에 떠서 나는 잠을 잔다.

아무도 나의 잠을 끌어내리지 않는다. 아무도 나의 공중에 애도를 표하지 않는다. 아무도 없다. 모두 떠나고 나는 혼자다.

집마저 나를 떠난다. 천장이 무너져 내린다. 나는 창문으로 빠져나간다. 집이여 안녕!

도시의 공중에 떠서 나는 잠을 잔다. 도시엔 모두가 있는데, 나에겐 아무도 없다. 아무도 나의 잠을 들여다보지 않는다. 빌딩과 집들 위에 떠서 나의 잠은 서늘하다.

상처 입은 새 한 마리가 떠 있다. 나의 잠 끝을 물고 떠 있다. 새는 눈을 감을 듯하다. 죽지 마.

리을세포

알 수 없는 미래와 벽 바꾸지 않아
소녀시대, <다시 만난 세계>

쾅쾅쾅. 누군가 문을 두드렸다. 공중에 떠 있다가 나는 아래로 떨어졌다. 침대가 한 번 크게 흔들렸다.

"여태 집을 안 빼고 있으면 어떻게 해?"

건물 주인인 여자가 화를 냈다.

"엄마 전화는 왜 안 되는 거니?"

나는 대답을 하지 못했다. 엄마 핸드폰은 계속 꺼져 있었다.

"이번 주말에 새 사람들이 들어오기로 했어. 어서 집 빼. 엄마한테 꼭 말해."

여자는 계단을 소리 나게 밟고 돌아갔다.

해가 지고 있었다. 집 안은 금방 어두워졌다. 나는 불을 켜고 짐을 쌀 캐리어를 찾아 보았다. 큰 캐리어 두 개는 엄마가 끌고 가 버렸다. 작은 캐리어 하나가 남아 있었다. 캐리어 속에 옷가지를 넣었다. 가을과 겨울에 입을 옷도 챙겨 넣었다. 가방에는 운동화 한 켤레와 교복을 넣었다.

마지막으로 나는 내 방의 창가에 섰다. 랭보의 시집을 펼쳐 시를 읽었다.

나는 여행을 하여, 내 뇌에 모인 마법의 일부를 떼어내야 했다. 나의 더러움을 씻어주기라도 하듯 내가 사랑한 바다에서, 나는 위로의 십자가가 떠오르는 것을 보았다. 나는 무지개에 의해 저주받았다. 행복은 나의 숙명, 나의 회한, 나의 벌레였다.•

행복이 벌레였다니! 나는 어떤 슬픔과 함께 공중 부양을 했다.

이 집이여 안녕!

• 시 「착란Ⅱ: 언어의 연금술」 부분. 시집 『지옥에서 보낸 한철』, 민음사, 2016.

발바닥에 먹먹함이 느껴졌다. 시 한 줄을 외웠다.

'나는 여행을 하여, 내 뇌에 모인 마법의 일부를 떼어내야 했다.'

나는 집을 떠났다.

밤길을 걸었다. 등에 가방을 메고 한 손으로 캐리어를 끌었다. 귀에는 이어폰을 꽂고 케이팝을 들었다. 버스 정류장으로 갔다. 벤치에 앉아 지나가는 사람들을 바라보았다. 다들 집으로 가는 사람들 같았다.

나에겐 돌아갈 집이 없었다. 전철역 벤치, 공중화장실 안, 움도서관의 천장 난간. 집이 될 만한 곳들을 생각해 보았다. 쓰레기통 옆, 변기 옆, 벤치 아래. 잠을 잘 만한 곳들을 떠올려 보았다.

랭보의 시집을 펼쳤다. 언젠가 밑줄 쳐 놓은 시 한 줄을 읽었다.

불행은 나의 신이었다.•

• 시 「지옥에서 보낸 한철」 부분. 시집 『지옥에서 보낸 한철』, 민음사, 2016.

나는 울지 않았다.

버스를 타고 청록센터로 갔다. 늦은 시간이었다. 건물은 고요하고 어둠에 덮여 있었다. 나는 조금 겁이 났다. 알 수 없는 낯선 집이 눈앞에 있었다. 입구에 있는 가로등 아래로 갔다. 랭보의 시집을 펼쳤다.

길에서, 겨울밤에, 숙소도 옷도 빵도 없는데, 한 목소리가 내 얼어붙은 가슴을 껴안았다: "약함 또는 힘. 너 거기 있구나. 힘이로다. 너는 네가 어디로 가는지, 왜 가는지 모른다. 너는 아무 데나 들어가고 모든 것에 대답한다. 사람들은 네가 시체일 때와 마찬가지로 너를 죽이지 못할 것이다."●

그래. 나는 시체로 그곳에 가자. 아무도 나를 죽이지 못할 것이다.
공중에 뜬 허연 나무를 떠올렸다. 그것은 나의 시체였다.
청록센터의 문을 열고 들어갔다.
"살 곳이 없어요."

● 시 「나쁜 피」 부분. 시집 『지옥에서 보낸 한철』, 민음사, 2016.

상담실에 모인 선생님들 앞에서 나는 말했다.

놀랍게도 그들은 귀찮은 표정이었다. 나에게 집 주소, 가족 관계, 학교와 나이 등을 물었다. 그런 뒤 나의 처지에 대해 두 눈을 끔벅거리면서 들어 주었다.

"이어폰은 좀 빼지 그러니?"

한 선생님이 나에게 차갑게 말했다.

2층에 있는 방으로 갔다. 복도에는 네 개의 방이 있었다. 4호실로 들어갔다. 침대에 있던 세 명의 아이가 나를 빤히 바라보았다. 그들은 곧 각자의 일을 했다. 한 명은 핸드폰을 들여다보았고, 다른 한 명은 머리에 롤을 말았다. 나머지 한 명은 과자를 먹었다.

"뭐 하냐? 저기 비었잖아."

멍하니 서 있는 내게 한 아이가 이층 침대의 빈자리를 가리켰다. 나는 그곳으로 올라갔다.

누군가 느닷없이 방 안에 불을 껐다.

"야."

누군가 소리쳤다.

방 안은 곧 고요해졌다. 나는 다리를 뻗고 누웠다. 뱃속에서 꼬르륵 소리가 났다. 얼른 손으로 배를 감싸 쥐었다. 그때

침대 위로 누군가 빵 하나를 던져 주었다. 둥근 카스텔라였다. 나는 그 빵을 소리 나지 않게 먹었다.

다음 날 아침, 일어나 화장실로 갔다. 그곳은 이미 아이들로 북적거렸다. 샤워실 앞에는 아이들이 줄 서 있었다. 기다렸다가 샤워실로 들어갔다. 옷을 벗고 거울을 들여다보았다. 쇄골 아래에 있던 피멍이 더 커져 있었다.

지하 1층 식당으로 갔다. 아이들이 식판을 들고 줄 서 있었다. 남자아이들도 꽤 있었다. 덩치가 큰 고등학생들도 보였다.

배식을 받은 뒤 자리에 앉았다. 소고기뭇국엔 소고기가 없고 무만 있었다. 나는 허겁지겁 밥을 먹었다. 정식으로 차려진 밥을 먹어 본 지가 얼마 만인지 몰랐다.

한 남자아이가 와서 맞은편 자리에 앉았다. 나는 그 아이를 알아보았다. '여기 오면 죽어'라고 말했던 아이였다. 그 아이가 나를 뚫어지게 바라보았다.

곧 나는 숨이 멎을 것만 같았다. 식당으로 해파 언니들이 들어왔다. 그들이 이곳에 살고 있었다. 그들 세 명이 모두 이곳에 살고 있었다. 순간 주위가 어두워졌다. 이곳은 그들이 사는 검은 구덩이 속일까.

그들이 놀란 눈으로 나를 바라보았다. 그러더니 실실 웃기 시작했다. 나는 흔들리는 눈빛을 얼른 감추었다.

급하게 식판을 비우고 식당을 나갔다. 은서가 나를 따라 나왔다. 은서는 어젯밤에 나에게 빵을 던져 준 아이였다. 같은 또래인데 학교는 나와 다른 곳이었다.

"해파 언니들 몇 호 방에 살아?"

내가 묻자 은서는 고개를 갸우뚱했다. 이곳에서 그들은 해파로 불리지 않았다. 각자의 이름 해주, 해정, 진해로 불렸다. 이름에 모두 '해'가 있었다. 은서는 안쓰러운 표정을 지으며 그들의 이야기를 해 주었다.

그들의 부모님은 서로 친한 사이였다. 몇 년 전에 함께 여행을 떠났다가 버스가 전복되어 모두 사망했다. 그들 중 한 언니에겐 병원에서 지내는 아픈 동생이 있었다. 그들은 아르바이트를 해서 그 동생의 병원비를 대고 있었다.

내가 아는 해파 언니들은 이곳에서 다른 사람들 같았다. 그들이 다른 얼굴로 사는 이곳은 어떤 곳일까.

"여기 을오라는 아이도 있었지?"

"응. 너무 안됐어. 여기서 얼마나 괴롭힘을 당했는지 몰라."

"누가 괴롭힌 거야?"

"주명이. 여기서 일진은 주명이야."

눈가에 있는 칼자국을 머리카락으로 가린 아이. 덩치가 큰 중학교 3학년 남자아이. 그가 주명이였다.

금요일 새벽 1시면 옥상 문이 열린다고 했다. 주명이와 아이들이 그곳에 모여 술을 마신다고 했다. 나는 그곳으로 주명이를 만나러 가기로 했다.

을오를 왜 괴롭혔는지 물어볼 것이다. 을오의 꿈이 뭔지 말해 줄 것이다. 을오의 작곡을 방해하지 말라고 주의를 줄 것이다. 그리고 을오를 함께 찾아 달라고 부탁할 것이다.

아! 말이 안 통한다면 나는 주명이에게 나의 공중 부양을 보여 줄 것이다. 랭보의 시를 읽어 줄 것이다.

드디어 금요일이 되었다. 새벽 1시에 나는 랭보의 시집을 들고 밖으로 나갔다. 계단은 어둡고 위험해 보였다. 조심히 걸어서 옥상까지 올라갔다.

옥상 구석에 아이들이 모여 있었다. 술병 부딪치는 소리가 났고, 담배 연기가 피어올랐다. 나는 후드를 뒤집어쓰고 그들에게 다가갔다.

"누가 여길 함부로 올라오래?"

주명이가 소주병을 들고 일어섰다.

"나는 을오 친구예요."

나는 눈에 힘을 주고 말했다.

"을오 친구? 여자 친구?"

"네."

"그래서?"

"왜 을오를 괴롭힌 거예요?"

"뭐?"

"나한테 사과하세요."

주명이가 침을 찍 뱉더니 나에게 다가섰다.

"사과하세요. 그리고 을오를 찾아 주세요."

나는 얼른 말했다.

"꺼져라. 좋은 말 할 때."

주명이가 내 발등에 소주를 줄줄 따랐다. 나는 발에 힘을 주고 주명이를 노려보았다. 아이들이 웃으면서 나를 둘러쌌다.

"나는 당신들 머리를 밟을 수 있어요."

"우리를 밟겠다고?"

주명이가 코웃음을 쳤다.

"나는 공중 부양을 하거든요."

"이런 미친년이."

"이 시집을 읽어 줄게요. 그러면 공중 부양이 되거든요."
"돌았네."
"돈 거 아니에요."
"어디 해 봐."
"공중 부양을 하면 을오를 찾아 주는 거죠?"
"지랄."
나는 랭보의 시집을 펼쳤다. 그리고 크게 읽었다.

알코올보다 강하고 리라보다 장대한
쓰라린 사랑 적갈색 얼룩이 반짝이는 햇살 아래
헛소리와 느린 리듬 되어 술렁인다! 갑자기
푸르스름한 바다를 물들이면서.●

두 발이 공중으로 서서히 떠올랐다.
"헛소리와 느린 리듬 되어 술렁인다, 리을."
나는 크게 주문을 외웠다. 순간 높이 공중 부양을 했다. 발바닥에서 빛이 났다. 나는 그들의 머리를 밟았다.

● 시 「취한 배」 부분. 시집 『지옥에서 보낸 한철』, 민음사, 2016.

상자

춤을 추며 절망이랑 싸울 거야
검정치마, <Antifreeze>

나는 바닥에 쓰러졌다. 주명이와 아이들이 나를 둘러쌌다. 나의 공중 부양은 그들이 보기에 아주 보잘것없었던 모양이다. 그들은 비웃었다.

"나는 절벽에서 떨어지는 아이의 손을 잡고 있어. 그 아이도 내 손을 잡고 있어. 우리는 서로의 손을 놓고는 살 수 없어. 우리는 서로를 구조해."

나는 나의 공중 부양을 설명했다.

"우리는 너의 입을 꿰매 버릴 거야."

주명이가 말했다. 그러자 아이들이 모두 주먹을 움켜쥐었
다. 나의 입을 막아 금요일의 옥상 모임을 감추려는 모양이었
다. 주명이가 나를 향해 주먹을 들었다. 그때였다.
"야."
해파 언니들이 나타났다.
"내 동생 건드리면 죽는다."
우두머리 언니가 주명이 앞에 섰다.
"동생? 병원에 있는 동생 말고 또 있었어?"
주명이가 당황한 얼굴로 물었다.
"얘도 많이 아픈 애야."
우두머리 언니가 인상을 쓰고 말했다. 주명이는 아무 말도
못 했다.
"너는 어쩌자고 여길 올라와?"
우두머리 언니가 나를 쏘아보았다.
"나는 을오를 찾아 달라고 부탁하려고."
나는 작은 소리로 말했다.
우두머리 언니가 주명이에게 눈짓을 했다. 그러자 주명이
는 마지못한 얼굴로 나에게 주소 두 곳을 알려 주었다. 주유
소 한 곳과 술집 한 곳이었다. 청록센터에서 자립해 나간 사

람들이 운영하는 곳이었다. 가출한 아이들은 그곳에 한 번쯤 들른다고 했다.

필명동에 있는 태성주유소. 나는 그곳부터 찾아가기로 했다. 다음 날 아침에 센터를 나섰다. 센터 앞에 있는 나무 아래에서 잠시 숨을 가다듬었다. 그때 한쪽 운동화에 끈이 풀려 있는 게 보였다. 그 발을 감싸고 나무의 그림자가 신비롭게 움직였다.
나는 가방에서 랭보의 시집을 꺼내 펼쳤다.

*환상적인 그림자들 사이에서 운을 맞추고,
한 발을 내 심장 가까이 올린 채,
터진 구두의 끈을 리라 타듯 잡아당기면서!* •

나는 운동화 끈을 부드럽게 잡아당겨 묶었다.
'을오야, 기다려. 내가 찾으러 갈게.'
나의 발은 심장에 가까이 있었다. 나의 심장이 을오를 찾아낼 것이다.

• 시 「나의 보헤미안(몽상)」 부분. 시집 『지옥에서 보낸 한철』, 민음사, 2016.

"을오야."

초록색 작업복을 입고 주유기를 든 아이에게 달려갔다. 모자를 눌러쓴 그가 나를 멀뚱멀뚱 바라보았다. 그는 을오가 아니었다.

사장을 만나 을오의 이야기를 들었다. 한 열흘은 굶은 얼굴로 을오가 찾아왔다고 했다. 밥도 먹이고 일도 시키면서 데리고 있었다고 했다. 잘 타일러서 청록센터로 돌려보내려고 했는데, 어느 날 말도 없이 사라졌다고 했다.

곧바로 혜화동에 있는 한 술집을 찾아갔다. 막걸리를 파는 술집엔 점심부터 손님들이 들어 있었다. 그곳엔 을오가 없었다. 종업원들에게 물었지만 모두 을오를 알지 못했다.

이 아이는 어디로 간 걸까. 어느 길에서 굶고 있을까. 후드를 뒤집어쓰고 어디에 숨어 있는 걸까.

태양이 불처럼 뜨겁게 내리쬐었다. 거리를 무작정 걸어갔다. 이어폰을 꽂고 케이팝을 들었다. 을오는 오늘 어떤 노래를 듣고 있을까. 오늘 어떤 곡을 쓰고 있을까.

귀에 익은 케이팝 리듬이 들려왔다. 그 리듬이 들리는 쪽으로 걸어갔다. 두 개의 차로를 차지하고 검은 옷을 입은 사람들이 앉아 있었다. 흰 가면으로 눈을 가린 그들은 손에 피켓을 들고 있었다. 피켓에는 "너희는 우리를 능욕할 수 없다"라고 쓰여 있었다. 딥페이크 성범죄를 규탄하는 시위였다. 그들이 케이팝을 부르고 있었다. 경쾌한 리듬에 그들의 가사를 붙여서 부르고 있었다.

시위대 속에는 교복을 입은 학생들도 보였다. 한 학생은 '학교 불법 합성물 성범죄 접수 사례'를 요약한 패널을 들고 서 있었다. 케이팝 리듬은 점점 거세졌다.

나는 천천히 시위대 옆을 지나갔다. 이어폰 볼륨을 크게 높였다. 강한 리듬이 내 가슴속에서 둥둥 울렸다.

나에게 이 케이팝은 무엇일까. 심장을 건드리는 것. 아! 그것은 오늘 써야 할 나의 가사 한 줄이 아닐까.

나는 전철역으로 빠르게 걸어갔다.

움도서관으로 갔다. 북카페로 들어가 책상을 하나 차지하고 앉았다.

오늘의 가사 한 줄을 쓸 것이다. 나만의 가사 한 줄을 쓸 것이다. 을오에게 줄 가사 한 줄을 쓸 것이다.

나는 천장의 난간을 바라보았다. 아! 그곳에서 눈빛이 반짝였다.

"을오? 너 거기 있는 거야?"

눈빛이 깜박거렸다.

거기서 살고 있었구나. 아무도 모르는 곳, 아무도 없는 곳, 엄마도 없는 곳, 엄마가 없어도 되는 곳, '혼자'를 쓸 수 있는 곳, '혼자'를 작곡할 수 있는 곳.

"아! 나도 거기 올라갈래. 길을 알려 줘."

그러자 눈빛이 어둠 속으로 사라졌다.

"을오!"

나는 크게 을오를 불렀다. 그때 얼굴이 책상에 부딪혀 잠에서 깨어났다.

을오는 새로운 음악을 찾아냈을까. 여전히 그것을 찾아 골목을 누비고 있을까. 나는 한 골목으로 들어갔다. 작은 카페들이 있는 골목이었다. 어디서 드럼 치는 소리가 났다. 그 소리를 따라 골목 안쪽으로 들어갔다. 어느 지하에서 드럼 소리가 커지고 있었다. 나는 벽에 귀를 가까이 댔다. 그때 포스터 하나가 눈에 띄었다.

상자B의 공연 포스터가 벽에 붙어 있었다. 공연 날짜를 살펴보니 일주일 뒤였다.

'아! 우리는 이 공연에 같이 가기로 했어. 을오가 이 공연에 올 거야.'

나는 얼른 인터넷으로 공연을 검색했다. 아직 표가 남아 있었다. 앱카드로 표 한 장을 예매했다.

앱카드엔 이제 잔액이 얼마 남지 않았다. 청소년들이 쓰는 이 선불카드엔 한 달에 50만 원씩 넣을 수 있었다. 엄마는 어느 먼 곳에서 이 카드에 돈을 넣어 주지 않을까. 미안하다, 조금만 기다려 달라는 뜻으로 매달 생활비를 넣어 주지 않을까.

나는 고개를 가로저었다. 엄마가 그럴 일은 결코 없을 것이다.

펜으로 포스터 위에 'ㄹ'을 표시했다. 을오가 포스터를 보게 된다면 이 표시를 알아챌 것이다.

ㄹ. 돌아오라는 표시다. 같이 츄러스를 먹자는 표시다. 움도서관에서 같이 자자는 표시다. 몽상가를 부르는 표시다. 달물결을 같이 쓰자는 표시다.

청록센터의 지하에서 쓰레기통을 뒤졌다. 깨끗한 종이 상자 하나를 주웠다.

나는 멋진 상자를 머리에 쓰고 공연에 갈 것이다.

상자의 다섯 개 면에 푸른색 물감을 칠했다. 그리고 물결을 세밀하게 그려 넣었다.

이것은 바다다. 우리가 함께 닿을 바다다.

'상자에 바다를 넣어 너에게 갈게. 우주해변에서 만나.'

나는 상자를 안고 잠이 들었다.

드디어 그날이 되었다. 홍대의 작은 골목에서 상자B의 공연이 있었다. 나는 준비한 상자를 접어서 가방에 넣고 공연장으로 갔다.

공연장 입구에 사람들이 줄 서 있었다. 줄 끝에 서서 을오를 기다렸다. 줄이 점점 길어졌지만 을오는 나타나지 않았다. 곧 입장이 시작되었다. 나는 상자를 머리에 썼다.

공연장 안은 좁고 어둑했다. 좌석 없이 자리에 서서 공연을 보는 곳이었다. 사람들이 금방 빼곡하게 들어찼다. 나는 을오를 찾아다녔다.

"을오."

작게 이름을 불렀지만 을오는 나타나지 않았다.

머리에 쓴 나의 상자를 알아볼 텐데. 바다의 푸른색을 알아볼 텐데.

갑자기 무대 위에 조명이 켜졌다. 그러자 사람들이 일제히 환호성을 질렀다. 무대 위에는 크고 작은 검은 상자들이 공중에 떠 있었다. 나는 멍하니 그것들을 바라보았다.

"오율."

어디서 나를 부르는 소리가 들렸다. 나는 두리번거렸다. 사람들 사이에 상자를 머리에 쓴 아이가 있었다. 을오였다. 을오의 상자도 파란색이었다. 나는 그 파란색에 다가갔다.

우리는 손을 잡고 울컥했다. 나의 상자도 을오의 상자도 흔들렸다.

공연이 시작되었다. 해일 같은 음악이 공연장 안을 휩쓸었다. 사람들은 환호성을 지르며 손을 들고 뛰기 시작했다. 해일은 경쾌한 파도로 변하고 이어서 디스코 사운드가 울렸다. 사람들은 춤을 추기 시작했다.

우리는 몸을 흔들었다. 머리에 상자를 쓴 채 몸을 흔들었다. 리듬에 맞춰 파란색을 흔들었다. 부자연스러웠지만 그것은 춤이었다. 우리는 열심히 춤을 추었다. 최대한 흥겹게 춤을 추었다. 공중 부양을 할 것처럼 춤을 추었다. 필사적으로 춤을 추었다. 절망과 싸우는 몸처럼.

난간

마음에 비친 달그림자 어둠을 태워 마시는 우리들
새소년, <Kidd>

　우리는 밤거리를 걸었다. 열대야로 도시는 후텁지근한 공기에 덮여 있었다. 을오에게서 그동안 지낸 이야기를 들었다. 불행 속 이 아이는 길에서 살았다. 밤에는 여기저기 돌아다녔고 낮에는 전철역 벤치에 누워서 잠을 잤다. 편의점의 컵라면과 공중화장실의 수돗물로 배를 채웠다.
　"무섭지 않았어?"
　"무서웠지. 툭 쓰러지면 쓱 치워질 것 같았어. 쓰레기처럼. 잠이 들 땐 내가 내 시체를 내려다보는 것 같았어."

나는 어디쯤에서 고아가 된 것을 말해야 할까. 나의 시체 이야기는 언제쯤 해야 할까.

우리는 힘없이 걸어갔다. 발끝에서 그림자가 희미하게 움직였다.

이 길에서 우리가 쓰러진다면 우리는 쓱 치워질까. 쓰레기봉투의 비닐이 얼굴에 느껴질 것 같은 이 밤의 공기는 무엇일까.

어느새 움도서관에 닿았다. 11시였다. 입구에는 접이식 철제 울타리가 쳐져 있었다.

"넘을 수 있겠는걸."

"넘자."

우리는 울타리를 넘었다.

출입문은 단단히 잠겨 있었다. 그 앞에 벤치가 놓인 작은 공터가 있었다. 가장 구석에 있는 벤치로 가서 앉았다.

"경비 아저씨한테 들키면 어쩌지?"

"아무도 모르는 곳으로 가자."

"어디?"

"거기."

을오가 내 손을 잡아끌었다. 우리는 야외 주차장으로 갔다. 한쪽에 지하로 내려가는 계단이 있었다. 그 계단을 내려가자 철문이 나타났다. 우리는 그 철문을 밀었다. 우리의 손바닥은 강력했다. 철문을 지나자 수영장과 매점이 있었다. 그 사이에 있는 계단을 따라 올라갔다. 곧 꼭대기 층에 닿았다. 북카페가 있는 곳이었다. 우리는 계단을 좀 더 올라갔다. 그리고 벽에 있는 소화전 패널을 뜯어냈다. 그 안에는 동굴 같은 통로가 있었다. 우리는 엎드려서 그 통로를 지났다.

"와!"

우리는 북카페 천장의 난간에 도달했다.

나의 가사 한 줄을 쓰는 장소, 나만의 문장으로 잠이 들고 깨어나는 장소, 그러나 아슬아슬한 장소, 불행이 발붙이는 장소, 그러나 끝없이 꿈틀거리는 장소, 비행을 감행하는 장소, 나의 난간.

그리고 함께 꿈을 꾸는 장소, 우리의 난간.

우리는 난간에 앉아서 아래를 내려다보았다. 책장에 꽂힌 책들이 고요히 눈을 뜨고 있었다. 어떤 알 수 없는 빛들이 책들의 눈을 찾아다니고 있었다. 아! 나의 리을이 있었다. 빛들 사이에서 나의 리을이 비행체처럼 떠다니고 있었다.

나의 리을은 어떤 책의 눈을 찾게 될까. 나의 리을은 어떤 책의 눈이 될까.

리을이 하나둘 늘어났다. 그 풍경은 어떤 악보 같기도 했다.

아침에 우리는 벤치에서 눈을 떴다. 밤새 벤치에 웅크리고 앉아서 잠을 잤던 것이다. 내가 꾼 꿈을 을오도 꾸었을까. 잠 속에서 어떤 악보가 탄생했을까.

"나는 너의 곡이 궁금해."

나는 을오에게 말했다. 을오는 아무 말도 하지 않았다.

우리는 움도서관을 나가 편의점에서 라면을 사 먹었다. 그런 뒤 공중화장실을 찾아 거리를 걸었다.

"나는 이제 작곡을 하지 않을 거야."

을오가 말했다. 나는 가만히 을오를 바라보았다.

"너무 힘들어. 하루 배를 채우고 숨을 쉬는 것만도 힘들어."

작고 희미한 그림자가 흔들리며 걸어갔다.

놀이터에 공중화장실이 있었다. 우리는 각자 화장실로 들어갔다. 나는 거울을 들여다보았다. 꾀죄죄한 아이가 거울 속에 있었다. 힘이 다 빠진 아이가 겨우 서 있었다.

오늘 하루 어떻게 배를 채우고 숨을 쉴까.

찬물로 세수부터 했다. 손에 물을 받아 여러 번 마셨다.
우리는 전철역 안으로 들어가서 벤치에 앉았다. 어디로든 갈 수 있었다. 2호선과 경의중앙선과 공항철도가 한곳에 있었다. 하지만 우리는 갈 곳이 없었다.

밖으로 나갔다. 햇볕이 뜨겁게 내리쬐었다. 금방 온몸에 땀이 흐르고 숨이 턱턱 막혔다. 더위를 피해 상점들을 돌아다녔다. 상점마다 사람들이 붐볐다. 재잘대며 즐겁게 쇼핑을 하는 학생들이 눈에 띄었다. 우리는 쇼핑을 할 돈이 없었다. 점심때가 되었는데 밥 사 먹을 돈도 없었다.

'아, 그곳.'

나는 을오의 팔을 잡아당겼다. 그곳은 버스를 타고 세 정류장을 가야 했다. 우리는 돈을 아끼기 위해 걸어서 그곳으로 갔다.

청소년 환영. 고려다방의 문엔 이 문구가 쓰여 있었다. 작고 허름한 가게 하나가 청소년을 환영한다고 외치고 있었다.

아! 세상은 청소년을 환영하지 않는 게 아닐까. 그래서 이 작은 가게나마 절박하게 외치고 있는 게 아닐까.

가게 안은 냉방이 되어서 시원했다. 우리는 지친 몸을 잠시 의자에 파묻었다.

종업원이 조용히 다가왔다. 미소를 띤 젊은 남자였다.

"1인분만 주문해도 되죠?"

나는 조금 눈치를 보며 물었다.

"무얼 주문할 건데?"

종업원이 메뉴판을 내밀었다. 나는 을오와 함께 메뉴판을 들여다보았다.

"가시리."

을오가 대뜸 그것을 가리켰다.

"가시리는 이별 노래인데 괜찮겠어?"

종업원이 물었다.

우리는 질문의 뜻이 무엇인지 잘 알아듣지 못했다. 그래서 그냥 고개를 끄덕였다.

한참 뒤에 종업원이 커다란 쟁반을 들고 왔다. 테이블에는 밥과 반찬들이 놓였다. 밥 옆에는 냉미역국이 놓였다. 그리고 푸짐한 제육볶음이 한가운데에 놓였다.

"이별을 하려면 힘이 필요하거든. 거뜬히 먹어 둬야 해."

종업원은 빈 쟁반을 들고 돌아섰다. 우리는 어리둥절한 얼굴로 음식들을 바라보았다.

"아, 모든 메뉴는 5천 원이야. 한 테이블에 5천 원."

종업원은 모습을 감추려는 듯이 주방으로 쑥 들어갔다.

우리는 밥을 먹었다. 매운 제육볶음을 먹자 얼굴에 땀이 났다. 한없이 초라한 아이들에게 차려 준 밥상. 그 환영이 고마워서 코끝이 찡해졌다.

어디쯤에서 나는 내가 버려졌다는 이야기를 해야 할까.

그늘을 찾아서 걷다가 한 공원으로 들어갔다. 나무 아래 벤치에 앉았다. 어느새 해가 지고 있었다.

"청록으로는 안 갈 거야?"

나는 을오에게 물었다.

"거기서는 발버둥 치다가 죽을 것 같아."

을오의 얼굴은 한없이 어두웠다.

나는 가방에서 랭보의 시집을 꺼냈다. 그리고 조용히 시를 읽었다.

여름 야청빛 저녁이면, 들길을 가리라,
밀 잎에 찔리고, 잔풀을 밟으며.
몽상가, 나는 내 발에 그 차가움을 느끼게 하네.

바람은 나의 헐벗은 머리를 씻겨 주겠지.•

바람 한 줄기가 우리의 머리를 스치고 지나갔다.
"나도 고아가 되었어."
나는 가만히 말했다.
을오가 어리둥절한 얼굴로 나를 바라보았다. 바람이 한 번 더 우리의 머리를 스치고 지나갔다.
나는 을오에게 그동안 집에서 일어났던 일을 이야기해 주었다. 청록센터에 들어가 살게 된 것도 말해 주었다.
"괜찮아?"
을오가 조심스럽게 물었다. 그때 왼쪽 쇄골 아래에 통증이 왔다. 나는 아무렇지 않은 표정을 지었다. 그리고 말했다.
"우리 거기서 살자."
을오가 말없이 나를 바라보았다.
"내가 같이 발버둥 칠게."

• 시 「감각」 부분. 시집 『지옥에서 보낸 한철』, 민음사, 2016.

옥상

우리는 포옹하기 위해 날개를 창조한다
오오, <로맨스>

 우리는 청록센터로 왔다. 지치고 슬픈 얼굴을 이곳에서 씻었다. 씻기지 않는다는 것을 알면서도 씻었다. 어쩔 수 없었다. 이곳에서 먹고 자고, 이곳에서 웃고 울어야 했다.
 주명이는 우리 앞에 나타나지 않았다. 한번은 한낮에 옥상에 올라가 있는 주명이를 보았다. 우리와 눈이 마주치자 주명이는 모습을 감추었다.
 해파 언니들과는 자주 마주쳤다. 식당과 휴게실에서, 복도와 화장실에서 그들은 나를 스치고 지나갔다. 그들은 아무 표정이 없었다.

늦도록 무더위가 기승을 부렸다. 방에선 선풍기 한 대가 돌아갔다. 너무 더워서 잠이 오지 않았다. 이어폰을 꽂고 케이팝을 들었다. 가사 한 줄이 마음에 들어오기를 기다렸다. 하지만 가사들도 모두 더위처럼 느껴졌다.

'나의 가사를 쓰자. 나의 가사를 쓰자.'

몸을 뒤척였지만 아무것도 쓰지 못했다.

여름 방학이 끝나고 개학 날이었다. 을오와 함께 학교에 가려고 센터 앞에서 기다렸다. 하지만 을오는 나타나지 않았다.

'먼저 가.'

뒤늦게 문자가 왔다. 나는 혼자 학교로 갔다.

반 아이들은 반갑지 않았다. 수업 시간엔 선생님의 말이 잘 들리지 않았다. 자꾸 기운이 빠졌다. 나는 뭔가가 달라져 있다는 것을 느꼈다. 버려졌다는 것에서 오는 불안. 그 불안이 내 두 발 사이에 있었다. 바닥이 한없이 흔들렸다.

점심시간에 을오와 함께 급식실로 갔다. 밥을 먹고 나서 매점에 들렀다. 우리는 초코우유 하나를 샀다. 어느새 우리에겐 초코우유가 비싸게 느껴졌다. 하나를 사서 나누어 마시기로 했다.

단풍나무 숲으로 갔다. 벤치에 앉아 초코우유를 나누어 마셨다. 우리는 서로 말이 없었다. 더위 때문일까. 미지근한 초코우유 때문일까. 나는 랭보의 시집을 펼쳐서 읽었다.

나는 사막, 그을린 과수원들, 빛바랜 상점들, 미지근한 음료를 사랑했다. 나는 악취 나는 거리를 기운 없이 걸었고, 두 눈을 감고 불의 신 태양에 몸을 내맡겼다.•

우리는 타들어 가고 있었다. 불안이라는 뜨거운 태양에, 무기력이라는 조용한 태양에.

을오와 함께 청록센터로 들어갔다. 1층 복도를 지나는데 상담실에서 주명이가 튀어나왔다. 뒤에서 한 남자가 주명이를 붙들었다. 주명이는 그를 뿌리치고 센터 밖으로 나갔다.

마침 은서가 센터 안으로 들어왔다. 우리는 함께 계단을 올라갔다.

• 시 「착란 II : 언어의 연금술」 부분. 시집 『지옥에서 보낸 한철』, 민음사, 2016.

"아버지가 주명이를 데리러 온 거야."

은서가 말했다.

"그러면 잘된 일 아니야?"

나는 뛰쳐나간 주명이가 이해되지 않았다.

"예전에도 한 번 데려갔었어. 그런데 주명이가 다시 여기로 들어왔지."

"왜?"

"온몸에 피멍이 들어서 들어왔지."

우리는 말없이 계단을 올라갔다.

다음날 센터 앞에는 차 한 대가 세워져 있었다. 차 안에는 주명이 아버지가 있었다. 나는 을오와 함께 계단을 오르다가 주명이와 마주쳤다. 주명이는 등에 가방을 메고 캐리어를 끌면서 계단을 내려왔다. 나와 을오는 조용히 지나갔다.

"야."

주명이가 우리를 불렀다. 우리는 돌아보았다. 우리 앞에 뭔가가 툭 떨어졌다.

"여기 옥상은 별 보기 좋아."

주명이가 천천히 센터를 빠져나갔다. 나와 을오는 가만히 서서 주명이를 바라보았다.

저 아이는 또 얼마나 상처를 입고 여기로 들어오게 될까.
계단 위에는 열쇠가 떨어져 있었다. 주명이가 우리에게 던져 준 것이었다. 옥상으로 올라갈 수 있는 열쇠였다.

밤이 되어 우리는 옥상으로 올라갔다. 고개를 젖히고 하늘을 바라보았다. 별들이 하나둘 반짝이기 시작했다.
"시를 읽어 줘."
을오가 말했다. 나는 랭보의 시집을 펼치고 어느 반짝이는 구절을 읽었다.

나는 모음들의 색깔을 발명했다! A는 검고, E는 하얗고, I는 붉고, O는 파랗고, U는 푸르다. 나는 각 자음의 형태와 운동을 조절했고, 그래서 본능적인 리듬으로, 언젠가는 온갖 감각에 전부 다다를 수 있는 시의 언어를 창조하리라 자부했다.•

나는 시 한 줄을 다시 크게 읽었다.
"언젠가는 온갖 감각에 전부 다다를 수 있는 시의 언어를 창조하리라."

• 시 「착란 II : 언어의 연금술」 부분. 시집 『지옥에서 보낸 한철』, 민음사, 2016.

우리는 별들을 오래 바라보았다.

며칠이 조용히 흘러갔다. 새벽에 나는 잠에서 깼다. 쇄골 아래에 심한 통증이 왔다. 온몸에서 식은땀이 났다. 나는 일어나 화장실로 갔다. 윗옷을 걷어 보았다. 피멍이 더욱 커져 있었다. 왼쪽 어깨와 가슴 위까지 시커멓게 변해 있었다.

이 피멍이 내 몸을 전부 덮어 버리는 게 아닐까. 어두워져라. 어두워져라. 피멍이 내 몸에 주문을 거는 게 아닐까.

온몸에 한기가 들었다.

옥상에서 별을 보자. 따뜻한 별을 보자.

나는 방으로 돌아와 핸드폰을 들었다. 새벽 3시였다. 을오에게 문자를 보내려고 했다. 그런데 핸드폰이 갑자기 먹통이 되었다. 전원을 껐다가 다시 켰다. 그러자 '등록되지 않은 번호-서비스센터에 문의 바람'이라는 알림이 떴다. 다시 전원을 껐다가 켜도 마찬가지였다.

아! 엄마다. 엄마가 내 핸드폰을 해지한 것이다.

나는 얼음처럼 굳어 버렸다. 베란다에 갇힌 것 같았다.

내가 쓰는 핸드폰의 통신 요금은 매달 엄마의 통장에서 빠져나가고 있었다. 엄마는 그것을 막은 것이다. 나는 이제 핸드폰을 쓸 수 없다. 문자도 쓸 수 없고, 음악 앱도 켤 수 없다. 엄마에게서 올 전화도 받을 수 없다. 엄마는 나와 연결된 줄을 깨끗이 끊어 버린 것이다.

'어떻게 이렇게 나를 버릴 수 있지?'

나는 울고 싶었지만 눈물이 나오지 않았다.

어두운 계단을 올라 3층으로 갔다. 을오가 있는 1호 문을 두드렸다. 나의 목소리를 듣고 을오가 나왔다.

우리는 옥상으로 올라갔다. 새벽의 하늘엔 별이 하나도 보이지 않았다.

나는 먹통이 된 핸드폰을 을오에게 보여 주었다.

"엄마에게 잠깐 어쩔 수 없는 사정이 생겼을 거야."

을오가 나를 위로했다.

새벽안개가 부옇게 밀려왔다. 나는 난간으로 다가가 아래를 내려다보았다.

"바닥에 허연 게 보여."

"뭐가?"

을오가 다가와 아래를 내려다보았다.

"시체 같아. 내가 떨어뜨린 시체."

내 입에서 무슨 말이 나온 걸까. 말해 놓고 어떤 두려움에 나는 휘청였다.

"무슨 소리야? 아무것도 안 보이는데."

을오가 내 손을 잡아끌었다.

새벽안개가 짙어지고 있었다. 우리는 손을 잡고 가만히 서 있었다.

"나 작곡을 다시 시작했어."

을오가 말했다.

"바다를 새로 작곡할 거야. 전에 썼던 바다를 버리고 새로운 바다를 쓸 거야."

"전에 작곡한 바다도 괜찮았는데……."

나는 을오를 바라보았다.

"그 바다는 엄마와 함께 잊기로 했어. 엄마를 슬픔으로 남겨 둘 거야. 나중에 내가 엄마에 대한 곡을 쓴다면 그건 가장 슬픈 곡이 될 거야."

새벽안개가 점점 내 얼굴을 덮었다. 슬픈 표정을 감추고 나는 말했다.

"나는 엄마를 질문으로 남겨 둘 거야. 엄마가 왜 그랬는지, 왜 그럴 수밖에 없었는지 질문을 계속 던질 거야. 엄마가 그래도 되는지 차가운 질문도 던질 거야."

을오가 내 손을 꼭 쥐었다. 나도 을오 손을 꼭 쥐었다.

"내가 새로 작곡할 바다가 궁금하지 않아?"
"궁금해."
"우리가 함께 맞이할 바다야."
새벽안개 속에서 우리는 어떤 바다를 상상했다.
"시를 읽어 줘."
을오가 말했다.
나는 시집을 펼치고 읽을 문장을 찾아보았다. 선뜻 눈에 들어오는 문장이 없었다. 시집의 끝부분에서 시 한 줄을 찾아냈다. 나는 그것을 연속해서 읽었다.

모퉁이가 빛의 소용돌이에 부딪히는•

"모퉁이가 빛의 소용돌이에 부딪히는 바다야."
나는 을오에게 말했다.
"그 바다에서 너의 문장을 듣고 싶어."
을오가 말했다.
나는 을오의 눈을 바라보았다. 을오도 나의 눈을 바라보았다. 새벽의 별들은 모두 우리의 눈 속에 숨어 있었다.

• 시 「바다그림」 부분. 시집 『지옥에서 보낸 한철』, 민음사, 2016.

"나는 나의 가사를 쓸 거야. 그건 나의 리을이야."

"너의 리을을 응원해."

"네가 언젠가 그랬어. 리을은 어디에나 있다고. 나는 나의 리을을 계속 새롭게 찾아낼 거야. 나의 리을은 보다 자유롭고 풍부해질 거야."

바람이 조용히 불어왔다. 새벽안개가 신비롭게 움직이기 시작했다. 우리는 그 움직임에 몸을 맡겼다.

새벽안개가 을오의 몸을 감쌌다. 흰 소용돌이가 일더니 양쪽 팔에서 날개가 펼쳐졌다. 을오가 나를 안았다. 나는 을오의 날개에 안겼다. 부드럽고 포근한 날개였다. 시커멓게 멍든 몸을 감싸 주는 날개였다.

나의 몸에서도 날개가 펼쳐졌다. 그 날개로 을오를 안았다. 음악을 예감하는 날개였다.

우리의 날개는 서로를 안고 공중으로 떠올랐다. 바다의 푸른색이 비치는 날개였다. 꿈의 무늬가 출렁이는 날개였다. 절벽 위에서 서로를 구조하는 로맨스의 날개였다.

나는 리을한다

고요히, 높이 튀어 오르는 성질
오오, <리을세포>

문을 연다. 공중이다. 나의 움이다. 잠을 자지만 가장 선명하게 깨어 있는 곳이다. 명백하게 꿈을 꾸는 곳이다.

나는 공중에 떠 있다. 책 한 권을 들고 있다. 미래의 책이다. 나의 리을로 된 책이다. 책을 펼친다. 순간 나의 두 팔에서 날개가 펼쳐진다.

날개를 달고 가장 눈부신 높이로 공중 부양을 한다. 그 몽상의 자리에서 나는 날개로 나를 안는다. 어떤 절벽에서도 두 발을 끌어안는다. 어떤 절망도 깃털 아래다. 나는 날아오른다.

날개, 나의 리을이다. 어떤 불행 속에서도 날아오르기. 이것이 나의 '리을하기'다.

나는 리을한다. 불행이라는 밧줄이 내 몸을 꽁꽁 묶어 놓아도 나는 리을한다. 불행의 불길이 내 모든 것을 집어삼켜도 나는 리을한다.

꿈을 향해 리을한다. 비웃음이 커져도 리을한다. 집어치우라고 주먹이 날아와도 리을한다. 모두가 외면해도 리을한다.

고요히, 높이 튀어 오르는 성질이다. 나는 리을한다.

나의 리을 이야기

초판 인쇄 2025년 10월 23일 **초판 발행** 2025년 10월 23일
지은이 신소영
펴낸이 남영하 **편집** 전예슬 조웅연 **디자인** 박규리 **마케팅** 김영호 **경영지원** 최선아
펴낸곳 ㈜씨드북 **주소** 03149 서울시 종로구 인사동7길 33 남도빌딩 3F **전화** 02) 739-1666 **팩스** 0303) 0947-4884
홈페이지 www.seedbook.co.kr **전자우편** seedbook009@naver.com **인스타그램** instagram.com/seedbook_publisher
ISBN 979-11-6051-735-4 (43810)

ⓒ 신소영, 2025

이 책은 저작권법에 따라 보호받는 저작물이므로 무단 전재와 무단 복제를 금지하며,
이 책 내용의 전부 또는 일부를 이용하려면 반드시 저작권자와 ㈜씨드북의 서면 동의를 받아야 합니다.

- 책값은 뒤표지에 있어요. • 잘못 만들어진 책은 구입하신 서점에서 바꾸어 드려요.
- 씨드북은 독자들을 생각하며 책을 만들어요.

KOMCA 승인필